NUEVOS TIEMPOS

Jesús Ferrero

Las trece rosas

Ediciones Siruela

1.ª edición: marzo de 2003
2.ª edición: marzo de 2003
3.ª edición: febrero de 2004

En cubierta: *Barbe Bleue* de Pina Bausch, foto de © Guy Delahaye
Colección dirigida por Ofelia Grande y Silvia Meucci
Diseño gráfico: G. Gauger & J. Siruela
© Jesús Ferrero, 2003
© Ediciones Siruela, S. A., 2003
Plaza de Manuel Becerra, 15. «El Pabellón»
28028 Madrid. Tels.: 91 355 57 20 / 91 355 22 02
Fax: 91 355 22 01
siruela@siruela.com www.siruela.com
Printed and made in Spain

Índice

Las trece rosas

A trece caras
surgidas de la multitud

Preludio con saxofón

Se hallaba ante su ventana preferida, desde la que podía ver la gran película del mundo. Ante él se extendía un panorama de trigales verdes y casas decrépitas, bajo una lluvia leve que coincidía con el sol. Hacía tiempo que no observaba fenómenos atmosféricos tan sorprendentes y se preguntó si no serían efectos especiales. Luego vio dos camiones cargados de hombres que pasaban por detrás de los eucaliptos y enfilaban la carretera. Exactamente igual que todos los días. Si aquello era una película, y para Damián no podía ser otra cosa, ¿qué sentido tenía repetir todos los días la misma escena? Cabía pensar que tanta insistencia iba a encarecer mucho el rodaje. Ni siquiera en Hollywood repetían tanto las escenas, y eso que allí eran muy perfeccionistas.

Tres cosas pensaba Damián cuando intentaba explicarse por qué insistían tanto en lo mismo: o bien el director era un inepto, o bien lo eran los actores, o bien todos a la vez. De forma que la escena nunca acababa de quedar bien y había que volver a repetirla.

Sin duda el cine ya no era como en las películas de antes de la guerra, pensaba Damián. Ahora el cine se proyectaba sobre una inmensa pantalla tan grande como la tierra y el cielo, y casi todas las películas eran absurdas. Ya no se hacía cine con un poco de cabeza. ¿Cuánto tiempo llevaba viendo aquel plano panorámico de Las Ventas? ¿No era para volverse loco?

–¡Damián! –gritó una mujer de aspecto fiero y bata gris.
Damián se dio la vuelta y supo que ella iba a añadir:
–¿No te he dicho que no te acerques a esa ventana?

De haber sido aquel lugar el paraíso, Damián pensaba que la ventana en cuestión, que tenía forma triangular y que se hallaba aislada de las demás, habría representado el árbol del bien y del mal. Estaba prohibido acercarse a ella, pero además se hallaba lo suficientemente alta como para que ningún enfermo, salvo él, consiguiera mirar por encima del alféizar.

Desde allí podía ver también un trozo del patio de la cárcel de mujeres, siempre abarrotado de reclusas. Observar aquel remolino le daba placer y vértigo: era la parte más extraña de la película y también la más emocionante, y daba la impresión de que el director había puesto mucho empeño en ese ángulo de la escena, en el que exigía una constante y multitudinaria presencia femenina, y donde había perdidas, entre la masa, algunas bellezas que se le antojaban memorables, de las que el director no estaba sacando partido, y que parecían centellas deslizándose entre árboles andantes como los que veía Macbeth.

La enfermera acababa de irse a otra planta y Damián volvió a su ventana. Iba siguiendo con la mirada los pasos de una de las reclusas cuando empezaron a llegar hasta él los versos de una canción que cantaba una niña del pabellón y que hablaba de la verde oliva y de un moro que había cautivado a mil cautivas. Las cautivas de la canción eran tres, pero, por razones nada extrañas, la niña decía mil.

Damián se acababa de apartar de la ventana cuando la niña repitió:

–*A la verde, verde,/ a la verde oliva,/ donde cautivaron/ a las mil cautivas./ El pícaro moro/ que las cautivó/ abrió una mazmorra,/ abrió una mazmorra,/ abrió una mazmorra,/ abrió una mazmorra,/ abrió una mazmorra...*

–*¡Y allí las metió!* –rugió Damián.

La niña se calló, pero por poco tiempo.

–¿Y las metió a las mil en la misma mazmorra? –acabó preguntando.

Damián volvió a mirar hacia el patio.

–¡Sí! –exclamó lleno de convicción.

De noche el manicomio se llena de rumores sordos que se mezclan con los de la cárcel. Desaparece el tiempo y se borra el espacio: todo es oscuridad en presente. Es entonces cuando Damián siente el espíritu de la noche, acariciando sus cabellos y su piel, atravesando su cráneo y llegando a su cerebro.

Damián cree que el espíritu de la noche es más libre que el viento y mucho más libre que las tormentas, que nunca escapan a la ley de las causas y los efectos. También cree que es más libre que la muerte, que la vida y que el deseo, y más libre que la conciencia y la inconsciencia. Y aunque él lo llame el espíritu de la noche, Damián cree que es un espíritu sin nombre porque no quiere tenerlo y porque no lo necesita. También cree que el espíritu está ahí siempre, cuando llega la noche, discurriendo entre los cuerpos y las almas a velocidades de pesadilla, y recorriendo en un instante dimensiones inmensas con su casi imperceptible ulular.

En su cuerpo serpenteante y agilísimo, que se va desplazando por las extensiones de la oscuridad como una corriente marina, van quedando las frases de la noche, según piensa Damián. Frases dichas en trenes, en andenes, en coches, en caminos y carreteras, en casas, en escuelas, en cines y teatros, en casas de prostitución y casas de oración y casas de beneficencia y casas de humillación. Como serpentinas invisibles, las frases se van prendiendo al espíritu de la noche, y el espíritu las arroja a dimensiones cada vez más hondas donde son olvidadas para surgir más tarde, iguales a sí mismas, en otro lugar del espacio y el tiempo. Y algunas noches, el espíritu se complace en emitir ruidos que parecen de saxofón, mientras vomita palabras cada vez más delirantes o cada vez más razonables:

–Rezad, porque como dice San Juan, llegaré a vosotros como un ladrón, y no sabréis ni el día...

–...ni la hora.

–En medio de la noche o del día llegaré, en medio del sueño, o cuando practiquéis fornicación.

–¿Y María?

–La acaban de detener.

–Tened fe, que la fe mueve montañas.

–Curiosas las cartas. Primero la Muerte, luego el Loco, luego la Rueda de la Fortuna, luego la Luna.

–¿Qué significan?

–Significan que la noche nos envuelve, significan que nos llevan aguas cada vez más turbulentas. Significan que nos vencen las fuerzas de la noche.

–¡Qué aire tan frío!

–Es el aire de la noche, es el aire de la muerte. Y es un aire que lleva fiebre, y es un aire que lleva sangre...

–¿Y ese ruido?

–Ha sido un tiro.

–¡Dios mío! ¿Quién ha disparado?

–El niño.

I
La ronda nocturna

Avelina

Blancas y azules, las montañas se recortaban contra un cielo de cinabrio. Mas aquí, los pinos negros y atormentados crecían al borde de la barranca, como en una pintura china que no apaciguara por su extraña profundidad. Una profundidad que no dependía de los pliegues que hacía la sierra, ni de sus valles silenciosos y paralizados que se iban perdiendo a lo lejos en un mar de niebla, pues parecía depender más bien de la atmósfera y de los tonos cambiantes del cielo, que convertían el horizonte en una escalera de colores que tendía a enrojecer mucho en su centro. Un cielo enfermo y a la vez glorioso, que llegaba antes al fondo de la mente que a los ojos.

Olía a flores recientes y el arroyo discurría rápido entre los cantos blancos y los juncos. Ya cerca del pueblo, formaba una cascada, desaparecía bajo la roca unos cincuenta metros, y volvía a surgir a la superficie para derramarse y encharcar la alameda antes de pasar bajo el puente. Parecía un arroyo necio y ansioso que nunca hubiese aprendido a dominar sus aguas porque le faltaba vocación de río y porque lo suyo era entregarse a la locura todas las primaveras, antes de desembocar desordenadamente en su hermano mayor, ya cerca de la isla del cuco.

Los árboles que rodeaban el arroyo llevaban otra vibración en sus troncos, y parecían árboles locos. Tampoco tranquilizaban. La mirada y el oído reposaban más cuando se detenían en la hondonada verde que se hallaba tras el arroyo y de la que surgían rocas blancas y grises, redondeadas por el viento. Benjamín y Avelina la llamaban el jardín de piedras. Solían ir a menudo a aquel lugar y en él permanecían hasta que empezaba a anochecer hablando de sus vidas y poniéndoles nombre a las rocas. La piedra que se hallaba junto al manantial se llamaba la Roca Que Habla, la que se hallaba junto al olmo la Roca Que Calla, y la que se hallaba junto a la barranca la Roca Que Mira... Más allá estaban también la Roca Que Piensa, la Roca Que Quema, la Roca Que Silba y la Roca Que Tiembla... Habían decidido ponerle nombre a todas las rocas del páramo, pero no tenían prisa.

Avelina, a quien solían llamar la Mulata por el color de su piel y sus ojos negros y brillantes, tenía una voz grave y vibrante que la hacía parecer más mulata todavía.

–¿Y si nos fuéramos a dar un paseo? Te sentará bien... –dijo ella.

–De acuerdo –respondió Benjamín–. Pero no demasiado lejos...

–Sólo hasta el bosque...

Benjamín tenía diecinueve años y había sido tuberculoso. Todo en él trasmitía fragilidad concentrada y deseo de hacerse entender rápido. No podía permitirse ejecutar tantos movimientos inútiles como los demás y tenía una gestualidad suave, escueta y decidida, que a Avelina le parecía más expresiva que las palabras.

Siguiendo el camino de la sierra, acabaron llegando a un bosque donde, según decían, había lobos. Aunque más que lobos, lo que había en aquel gran robledal de árboles tan viejos como las piedras que sobresalían, aquí y allá, entre los yerbajos, era desolación.

A pesar de su tranquilidad pétrea, de paisaje que se había mantenido fiel a sí mismo durante siglos, aquel lugar parecía un territorio de lucha, una región sangrienta, que mostraba toda su potencia al atardecer, cuando el cielo se cargaba de ira y los buitres evolucionaban como amenazas cada vez más cerradas entre los árboles.

–¿No nos estarán oliendo a nosotros? –preguntó Benjamín mientras contemplaba los pájaros de cuello pelado.

–Confío en que no –dijo Avelina.

Ninguno de los dos detectaba el menor olor a putrefacción; muy al contrario, las fragancias que exhalaba el bosque resultaban balsámicas. Olores dulces, viejos, agrios, húmedos, secos, frescos, ardientes, apagados... Olores nobles que delataban como mucho la corrupción vegetal, que nunca es tan abominable como la de la carne.

Continuaron avanzando entre los robles hasta que llegó a ellos una ráfaga de aire pestilente. No mucho después salieron a un claro cubierto de helechos. Allí se subieron a un montículo y vieron que los buitres estaban devorando un toro muerto.

No era un toro bravo, era un semental negro y grande, y parecía que había muerto a balazos.

Benjamín miró con inquietud a su alrededor. O bien la luz había cambiado, o había cambiado su mirada. De pronto no había matices en la arboleda. Por un instante, vio el lugar, más que iluminado, quemado y detenido. Los árboles estaban muertos, la hierba, las piedras, los pájaros que planeaban sobre las copas también estaban muertos aunque se movieran. De ese estado pasó a otro no menos inquietante: ahora todo eran detalles en el bosque, detalles infinitos en los que uno podía perderse para siempre, como en un rompecabezas de dimensiones impensables, y en el que cada pieza ocultaba un mundo de tinieblas y de luces fulminantes.

–Sé dónde estamos, pero ya no me ubico como antes –dijo Benjamín.

–Cinco años en un hospital desorientan a cualquiera –comentó ella.

–Supongo que ésa es la razón –añadió él con cara de preocupación.

Los dos tomaron el camino de la izquierda y bajaron hasta el lugar donde el río se encajaba entre peñascos abruptos. Allí se subieron a una roca, desde donde vieron pasar un tren lleno de soldados. Unos parecían ausentes y otros borrachos e iban cantando canciones bélicas. Semejaba el tren de los locos perdiéndose en un horizonte cada vez más rojo y abrasador. Al otro lado de la vía, seguían viendo el río y la isla del cuco. Más allá de la isla, sobre una colina, se hallaba la casa del inglés, que llevaba cerrada desde los primeros días de la guerra.

–¿Y si entramos? –preguntó ella.

–¿Crees que podremos?

–Nada perdemos por intentarlo.

Cruzaron la vía, después el puente y subieron por la rotonda de grava que precedía a la entrada principal. Rodearon la casa por la derecha hasta que Avelina descubrió, en una de las torres, una ventana que parecía entreabierta. Escaló hasta ella y consiguió entrar en la casa. Ya en el interior, corrió hacia el vestíbulo rasgando las telarañas y abrió la puerta principal para que entrase Benjamín.

Nada más pisar el vestíbulo, Benjamín tuvo la impresión de que entraban en un mundo sepia, lleno de almas muertas color sepia, que se deslizaban bajo una atmósfera sepia, entre cuadros y estatuas sepia, que parecían erguirse como los últimos y callados testigos de un mundo sepia que había huido con la intención de no volver.

Luego vio ascender a Avelina por las escaleras que formaban una elipse. Iba como una Pavlova agilísima, segando las vetas de luz y polvo que formaban las claraboyas, y al seguirla tuvo la impresión de que se dirigían al centro de un deseo más que al centro de la casa.

Más tarde la vio atravesar los claroscuros del pasillo, que iban formando ante sus ojos una sucesión de secuencias en las que su espalda, sus glúteos y sus piernas, realzadas por el vestido, de caída líquida y lisonjera, cobraban un protagonismo que nunca habían tenido hasta entonces.

Las luces y las sombras creaban en los dos intrusos la sensación de que iban pasando por las diferentes casillas de un tenebroso y luminoso juego de la oca, y empezaron a entregarse a las risas histéricas mientras cruzaban un nuevo pasillo, que parecía no acabar nunca y en el que se sucedían las puertas cerradas. Había cuadros con barcos y cocoteros y damas con abanico, robustos negros de ébano, lámparas fastuosas, camas faraónicas... No se sentían solos, los objetos de la casa los acompañaban y daba la impresión de que agradecían la presencia y las caricias de los visitantes, que les devolvían la ilusión de la vida. Como también parecían agradecer las carcajadas que recorrían como espíritus alegres la casa, diluyendo con su frescura aquellas penumbras casi mineralizadas.

En una salita azul, desde cuya ventana podía verse el jardín de piedras, había un gramófono y discos de Gardel. Avelina puso un disco y estuvieron bailando un rato, muy juntos y muy silenciosos.

Tras el baile, entraron en una alcoba donde reinaba una cama con dosel. Avelina se sentó sobre la cama, dejando, al deslizarse sobre la colcha, que su falda ascendiera hasta las bragas.

Benjamín contempló con placer sus piernas, largas y delicadas, en el esplendor de sus diecinueve años. Se acercó a ella y empezó a besar sus orejas y su cuello.

—Eres una diosa negra y estás más viva que una pantera. ¡Una diosa abisina! ¡Una pantera negra exhibiendo su piel brillante, que tiene además delante a un poeta dispuesto a retratarla en su mejor momento! ¡Una reina de Saba con un Salomón encantador y enfermizo!

—Me daría igual morir mañana mismo, Mulata, después de lo que estoy sintiendo a tu lado. Dios mío, yo creía que mi alma se había achicado como una avellana y ahora resulta que no le veo el término... Espero no estar volviéndome loco, pero...

—¿Sí?

—...pero me he ensanchado... Es como si entendiera por primera vez la vida desde su fondo... La vida tiene un fondo... Sí, un fondo que discurre por debajo... ¿Ese fondo nos puede abandonar alguna vez, Mulata? ¿Algo o alguien nos puede arrancar de ese fondo?

—Abrázame.

La abrazó. De pronto estaban los dos en un mismo remolino. Ascendían y descendían lentamente, por el hilo mismo de su diferencia, y en ese hilo convergían y se volvían a abrazar.

Llevaban un rato en silencio cuando Benjamín propuso:

–Digamos cosas que no nos hayamos dicho nunca.

–De acuerdo. Empieza tú.

–Creo que nunca te he dicho que me gustaría pasar por la vida como un animal invisible.

Avelina le miró asombrada, abriendo sus ojos negros.

–A mí me pasa lo contrario...

–No importa. Los opuestos se juntan... –dijo él.

Avelina se tendió nerviosa sobre la cama y añadió:

–Es una tendencia en mí que no siempre se manifiesta. Aquí, en el pueblo, he sido muy discreta, pero sé que me gusta el protagonismo.

–¿Dónde?

–En la vida... Me gusta entrar en el alma de los demás, me gusta ocupar un espacio en ella...

–Eso ya lo sospechaba.

–Pues ahora tienes la confirmación de tu sospecha.

Regresó el silencio. Avelina lo rompió diciendo:

–Me voy a Madrid.

–¿Por afán de protagonismo?

Negó con la cabeza.

–Por obligación.

–Allí te conocen mejor...

–Lo sé, pero mi padre me ha aconsejado presentarme de inmediato... –dijo ella.

–¿Para entregarte a la policía?

–Sí. Cree que puede hacer algo por mí y que es mejor así...

–Permíteme que lo dude...

–Yo prefiero no dudarlo. Me marcho el lunes...

–No te dejaré...

–Huiré cuando duermas.

–Entonces no me dormiré.

Avelina volvió a estallar en carcajadas. Fascinado y ofendido, Benjamín escuchó sus risas que, multiplicadas por el eco, le creaban el efecto de que todas las estatuas y los bustos de la casa se estaban riendo de él.

En esa situación estaban cuando Avelina miró los ojos de Benjamín con la voluntad de perderse en ellos. Ojos de un gris azulado, brillantes como los de un gato hambriento. Una no sabía lo que tenían los ojos humanos para cautivar tanto en ciertos momentos. Una no sabía qué tenían los ojos del amado. Avelina podía pensar que los ojos del amado tenían, más que fuego, vacío. Un vacío tan elemental y tan definitivo que producía vértigo. Una no sabía lo que tenían los ojos del deseo. Por un lado le parecían ojos que trasmitían un hambre más honda que la memoria que teníamos de nosotros mismos, y por otro lado veía en ellos la gloria, veía en ellos la línea, tejida de sofoco y de suspiros, que la conducía al estremecimiento.

Nada podía emborracharla más, nada podía trasportarla más que los ojos del deseo en él, y sobre todo cuando eran reflejo de su propio deseo y el mundo se cerraba herméticamente en torno a ellos, creándoles la ilusión de la redondez.

Los ojos, sí, pero también las manos de Benjamín discurriendo por sus piernas y su espalda y su cuello, configurándola en sus más temblorosos y precisos contornos, ablandándola, endureciéndola, diluyéndola...

Tendida de espaldas sobre las sábanas, Avelina no pudo evitar pensar en Madrid, en lo que podía estar pasando en Madrid. Dudas, intrigas, venganzas, penas, prisiones, vergüenzas... El final de una pesadilla y el comienzo de otra. Pero Madrid estaba todavía lejos. Lejos sus escombros y lejos sus cenizas.

Volvió al presente, a su presente, a aquel cuarto, a aquella cama, a la mano que la acariciaba, a las sábanas suaves, a los cortinajes que ocultaban la ferocidad del mundo, a sus besos, a su boca, a su posesión y su entrega, a sus pensamientos, a sus recuerdos, a su oscuridad, a esa oscuridad que a veces se apoderaba de su mirada y que llegaba a ella como un miedo que parecía deseo (o como un deseo que parecía miedo).

–Tengo la impresión de que vamos a sufrir, Mulata. Es como para pensar que continúa el fin del mundo –dijo Benjamín.

–Es como para pensarlo pero ya sin ansiedad... Tú no sabes, corazón, cuál va a ser tu suerte. Eso nadie puede saberlo: ni siquiera los suicidas. Y no creo que nuestras vidas estén siendo más desdichadas que las de los que llegaron antes que nosotros... No sabemos lo que nos pasará si nos enfrentan a lo peor, no sabemos lo que haremos y diremos en ese trance, no lo sabemos, Benjamín. Nadie lo sabe y nadie quiere saberlo.

Fue un instante en que el tiempo les pareció a los dos una sustancia aplastante, en la que podía caber la ansiedad, pero en la que casi no cabía el deseo. De esa angustiosa cuerda floja pasaron a danzar en un suelo más firme y menos estrecho, que se prolongaba más allá de ellos como una tierra prometida.

Llevaban una hora compartiendo el mismo techo y ya creían que habían estado siempre allí, bajo aquellas penumbras tan acogedoras. Benjamín miró su cuello, sus ojos: dos lagos negros. Su cuerpo olía a mujer y a verano, sus pechos eran dos manzanas de carne, de un manzano que sólo daba frutas carnales. Acerca otra vez los labios, pensó, acércalos. Los labios. Sí, sabes lo que estoy diciendo. Los ojos hablan más que los labios. Acércalos, Mulata. Tus labios, acércalos sólo un poco. Un gesto, un leve gesto y los devoro. ¿No vas a hacerlo?

Sintió que su rostro le atraía como un imán de fuerza muy superior a la suya y estrelló una vez más sus labios contra los de Avelina.

–Tienes los ojos más oscuros y más profundos que he visto –susurró él.

–Parece que hablases desde otra parte.

–¿Y tú?

–Yo también. No puedo evitar pensar que mañana seremos otros.

–¿Qué quieres decir?

–Que no vamos a poder estar una eternidad aquí, bajo estos techos y estos ángeles y este olor a antes.

Le dio la razón y descendió hasta los labios de abajo y sollozó de dicha mientras estrechaba sus piernas y besaba el triángulo negro: dos alas de golondrina guiando su lengua hasta el rubí palpitante, que se fue haciendo accesible según iba apartando los labios.

Pronto el cuarto se convirtió en la cámara de los sollozos. Las estatuas volvían a temblar. ¿Hacía cuánto que no llegaban sollozos desde el cuarto aquél? Sollozos hondos y vivos, que descendían por las escaleras e iban a morir al vestíbulo. El aire vibraba más que antes y daba la impresión de que los negros del pasillo y las diosas de la escalera iban a echarse a bailar.

Dos días después, Avelina emprendió su viaje a Madrid.

Mientras el autobús se iba acercando a la capital, Avelina se entretuvo recordando aquel sábado de julio de 1936 en que Madrid era una ciudad dedicada a la brisa. A la brisa de los rumores, a la brisa de los automóviles que cruzaban la Gran Vía, a la brisa de los expresos, que dejaban al alejarse una ola de pañuelos, a la brisa que se llevaba las risas de las muchachas en flor, aquel verano tan numerosas.

Y, de pronto, un viento muy frío, que iba envolviendo la ciudad por ráfagas sucesivas, hizo que todos olvidasen la brisa: la brisa de las conversaciones frívolas que hasta hacía un momento mantenían en las terrazas de los cafés, la brisa indefinible de esos sábados que se prometen largos y en los que quisiéramos que el sol se mantuviera la eternidad entera sobre la línea del horizonte.

Avelina recordaba que en tan sólo unas horas la gravedad se había impuesto en toda la ciudad. Fue un cambio tan brusco que parecía imposible explicarlo, en parte porque se trataba de una metamorfosis muy veloz y muy compleja, acelerada por la noticia de que se había producido un levantamiento militar.

Tan sólo cuatro días después, el 20 de julio de 1936, la ciudad había vuelto a cambiar, según recordaba Avelina, y de la agitación había pasado a la inmovilidad general. Las avenidas, los bulevares, los paseos, las calles, las plazas parecían un inmenso escenario cinematográfico del que hubiesen desaparecido todos los actores. También las piscinas estaban vacías, y se mostraban como parajes desolados y sumidos en una aplastante melancolía.

El calor era intolerable y llegaban desde los alrededores de la plaza de España rumores cada vez más preocupantes. Al amanecer del día siguiente se desató sobre la ciudad una verdadera tempestad de acero, y ya no quedó otro remedio que abrir mucho los ojos. La guerra era una realidad plena, y estaba a las puertas de Madrid.

Se había iniciado el suplicio de las agresiones artilleras, que iba a durar hasta el final de la contienda, e iba a empezar el de las aéreas, pero Avelina recordaba que la vida, en lugar de congelarse, había adquirido una aceleración inaudita. Los cines y los teatros estaban siempre a rebosar, así como los cafés, y los extranjeros tardaban algunos días en comprender que aquello no era una alucinación. Alguno de ellos murió antes de despertar del sueño en alguna esquina de la Gran Vía.

Avelina no había olvidado que por aquel entonces se hablaba mucho de la caída de un obús sobre un hotel en el que había un dancing. Contaban que toda la fachada principal se había derrumbado pero que la gente había seguido bailando en la sala, y los transeúntes podían ver desde la calle a las parejas de danzantes y a la orquesta, que tenía un músico negro y que atacaba rabiosamente con todos sus metales.

Casi tres años después de iniciarse la guerra, el batallón de San Quintín entraba en la ciudad con su vanguardia magrebí y el general Francisco Franco daba por concluido el litigio. Fue por esos días cuando, aconsejada por su madre, Avelina buscó refugio en el pueblo, donde había pasado junto a Benjamín los días más felices de su vida.

El autobús llegó finalmente a Madrid, que parecía una ciudad iluminada por luces sin alma. Muros ennegrecidos, rostros ennegrecidos bajo penumbras más densas que el rencor, niños pedigüeños, olor a miseria... Y sin embargo, buena parte de la ciudad estaba todavía en pie, y no sólo la puerta de Alcalá, que había mermado considerablemente y que se hallaba rodeada de escombros. La misma calle Alcalá, ennegrecida y fría, también había sobrevivido, y habían sobrevivido los árboles de la Biblioteca Nacional, y si bien algunos habían recibido la caricia de la metralla, sus raíces ni siquiera se habían enterado de la contienda.

Al bajar del autobús y pisar la calle, Avelina no acertó a situarse y hasta creyó que estaba perdiendo su proverbial sentido de la orientación. Zarzas, malezas, jarales, farolas, coches, cables. Pinos, encinas, robles, escaparates, tranvías, vagones de metro... Arroyos, juncos, gavilanes, cines, teatros, paradas de autobuses. Cigarras, abejas, avispas, peatones, policías, banderas...

Mientras avanzaba por la ciudad como un can desconfiado, los lugares por los que había deambulado con Benjamín se mezclaban todavía en su retina con las luces y las sombras de Madrid, y veía búhos en la Gran Vía, y escuchaba ranas en la calle Alcalá, y tenía que espantar a los buitres en la calle Montera o huir de los toros negros que pastaban en el Jardín Botánico. Al llegar a su calle, Avelina vio que su padre la estaba esperando junto al portal y se fue acercando a él, cada vez más asustada por las alteraciones de su visión y lo extraños que le parecían sus propios pasos, sus propias piernas, avanzando por una acera que tendía a hacerse interminable, como en las peores pesadillas. Y allá al fondo, sobre la línea de un horizonte de casas ennegrecidas, la mirada de su padre, más extraña aún que sus pasos.

Siguió avanzando y continuó sintiendo que no llegaba

nunca a un destino que parecía al alcance de la mirada pero no de sus pasos, como si el espacio se estirase mientras ella precipitaba, con rabia y con angustia, el cuerpo hacia delante. Cuando llegó ante la cara lívida de su progenitor, pensó que parecía Abraham antes de levantar el cuchillo.

–Será mejor que te entregues ahora mismo –acertó a decir él con palabras que parecían cabalgar unas sobre otras en busca de una imposible imprecisión que delataba aún más su sentido.

–Como tú digas –susurró Avelina. Era una frase hecha, que le llegaba desde muy lejos y que de pronto sintió que no era suya.

–Cuanto antes te presentes, antes te dejarán en paz –añadió él. Avelina lo miró y le pareció que sus ojos querían huir hacia dentro pero que no podían, como si alguien les hubiese cerrado las puertas de la retina, obligándolos a permanecer visibles y a ver lo que no querían ver.

Varios muchachos que jugaban en la calle los miraron extrañados, como si no entendieran qué podían hacer el uno ante el otro, como dos estatuas que no quisieran reflejarse y que, sin embargo, estuviesen obligadas a hacerlo.

La radio emitía canto gregoriano interpretado por el coro del monasterio de Silos.

Tomás pensó en su hija, que hacía tan sólo una hora había desaparecido tras la puerta de la comisaría. Josefa, su mujer, aún no lo sabía. ¿Sería capaz de entender que Avelina tenía más posibilidades de librarse de la muerte entregándose que permaneciendo clandestina?

Tomás giró la cabeza. Necesitaba azúcar, pero no podía disponer de ella hasta que no llegase su mujer y se limitó a permanecer sentado en la penumbra, sintiendo que a su alrededor el mundo se desvanecía, dejándolo como en una isla mínima en torno a un mar de bruma.

Ya no distinguía bien la mesa, las sillas, la alacena, el cuadro. Y cuando los distinguía le daba la impresión de que o bien se trataba de objetos sumergidos en un mundo líquido, en el que también el sonido de la radio parecía líquido, o bien en un mundo fosforescente, donde las sillas y la mesa parecían condensaciones de puntos incandescentes, algo más densos que el aire y más vibrantes.

Tomás oyó golpes en la puerta, caminó temblorosamente hasta ella y la abrió. La luz de la escalera era más débil que la de la casa y vio dos sombras ante él.

–Buenas –dijo una voz que Tomás identificó enseguida con la del comisario Roux.

–Pasen.

A Roux le acompañaba otro hombre. Tomás advirtió enseguida que se trataba de Gilberto Cardinal, un tipo corpulento que llevaba un traje negro.

Roux y Cardinal entraron en la salita. Tomás no sabía qué pensar de Roux que, como otras veces, cubría su traje gris con una capa azul. Parecía un hombre de convicciones y al mismo tiempo un escéptico, y su aliento siempre olía a alcohol.

–Venimos a informarte de que han detenido a tu hija –dijo Roux.

Tomás volvió a notar la falta de azúcar y temió marearse. La cara de Roux empezó a trasformarse monstruosamente, según se le iba la mirada, aunque más monstruosa le parecía la de Cardinal, en parte porque estaba más distante y la veía más borrosa.

–Eso no es cierto. Se ha entregado ella –confesó Tomás.

–¿Se lo aconsejaste tú?

–Sí.

Roux asintió mirando a Tomás desde las alturas, ante los ojos expectantes de Cardinal. Luego encendió un cigarrillo y añadió:

–Una pimpinela escarlata creciendo en el huerto de un benemérito. ¿De modo que colaboró con Socorro Rojo? Mal asunto, Tomás... ¿Puedo saber por qué le has aconsejado que se entregue?

–Pensé que era lo mejor.

Roux le miró con piedad.

–¿Lo mejor para ti o para ella?

–Para ella, naturalmente.

–Estás loco –dijo Roux–. Ya sabes cómo son en las comisarías. No respetan nada con tal de conseguir lo que buscan. Ahora es nuestra consigna, y nadie mejor que tú para saberlo... Puede que ahora mismo la estén torturando. ¿Empiezas a percatarte de tu error?

–¿Usted podría hacer algo?

–¿Eso crees? Pues te equivocas, Tomás. Alguien con más autoridad que yo está dispuesto a lo peor, y ni quiere escucharme ni yo quiero hablar con él. Alguien muy próximo al comandante Isaac Gabaldón, que quiere escarmientos en la Guardia Civil, y los quiere para siempre.

Tomás sintió que perdía el equilibrio y apoyó una mano en la mesa.

Roux tiró la colilla al suelo de madera, la aplastó bajo la suela de su zapato y abandonó la casa arrojando el humo de la última calada.

Ya en el rellano, se giró hacia Tomás y lo miró con seriedad pétrea.

–Como diría San Juan, te acompaño en la tribulación –murmuró, y empezó a bajar las escaleras.

Tomás se quedó parado junto a la puerta, mirando su propia casa como si fuese un lugar en el que no había estado nunca. Ni siquiera el olor le parecía el mismo. Quizá se debía a la pestilencia del cigarrillo de Roux, o quizá no. Tocó el respaldo de la silla y le pareció irreconocible. Empezó a temblar.

No habían trascurrido diez minutos desde la partida de Roux y su acompañante cuando volvió a oír ruidos en la puerta. Era su mujer, que llegaba gimoteando.

–Me han dicho que la han cogido.

Tomás prefirió callar y miró a su mujer. De pronto la veía agigantada: un cuerpo grande y denso, observándole acusadoramente desde una penumbra que cambiaba a cada instante.

–¿Y si la matan?

–No lo harán –dijo él.

–¿Porque es tu hija? ¿Has olvidado lo que le hicieron a la hija de Sebastián?

Tomás sintió que se cuarteaba por dentro. Cerró los ojos y apoyó las manos en el alféizar. Le flaqueaban las piernas y temió no poder sostenerse en pie.

–Aún te van a obligar a formar parte del pelotón de fusilamiento.

Tomás siguió apoyándose en el alféizar pero empezó a derrumbarse mientras el cuerpo de su mujer se hacía cada vez más grande y su voz más rotunda.

–Pronto te desmoronas –dijo ella–. Guarda tus desmayos para cuando los necesites de verdad.

Tomás cayó al suelo. Su mujer lo vio y oyó el golpe, pero en lugar de socorrerlo continuó murmurando:

–¿Recuerdas que Avelina estuvo a punto de nacer muerta? Era demasiado grande para mi vientre tan chico. Luego creció vigorosa y decidida. Ha sido la alegría de esta casa. Como la maten, será para nosotros la pena negra y conoceremos la muerte antes de morir, Tomás. Prefiero no imaginar el sabor que va a tener entonces la vida.

Tomás no la oía. Permanecía inconsciente junto a la ventana, con la cara vuelta hacia el techo. Su tensión baja le castigaba a veces con repentinos desvanecimientos y ya estaba acostumbrado a esos descensos a un lugar oscuro y gélido del que salía con la impresión de haber estado unos minutos muerto.

La columnata semicircular se recortaba contra los árboles y un cielo cobrizo. En medio de la escalinata que descendía hasta la laguna ardía una fogata que desprendía un humo gris y azulado. Algunos niños arrojaban piedras al agua. Sus gritos llegaban hasta la escalinata como envueltos en una urgencia sin sentido.

–Esta tarde llegué a casa de los padres de la Mulata y encontré la puerta abierta. Su madre me había pedido hilos y puntillas, y entré. Encontré al guardia civil tirado en el suelo. Pensé que estaba muerto. Una mosca circulaba por su cara. Era Suso el que hablaba. Un niño de trece años, que caminaba por la columnata junto a su amigo Tino. Los dos trabajaban para un tendero que tenía una mercería en la glorieta de Cuatro Caminos, y recorrían de parte a parte la ciudad con una maleta de madera abierta que se colgaban del cuello y en la que llevaban hilos, puntillas, botones, agujas, alfileres, imperdibles, dedales.

–Dicen que Avelina está detenida –comentó Tino.

–Claro que lo dicen. ¿Y por quién lo saben? –le preguntó Suso.

–No tengo ni idea.

–Lo saben por mí. Vi cómo se entregaba.

–Me dejas estupefacto.

–¿Por qué?

–Siempre estás donde hay que estar –respondió Tino–. ¿Y ese perro?

–Es Muma. Lleva siguiéndonos desde Cuatro Caminos.

–Si espera que le demos algo va muy errado.

–¿Estás seguro? Lleva sobreviviendo en la calle desde enero, lo que indica que es más listo que el diablo. En los últimos tiempos se había hecho muy amigo de Pionero, pero desde que lo detuvieron ha vuelto a convertirse en un perro callejero. Yo casi lo considero un héroe de nuestro tiempo –dijo Suso cuando ya estaban rodeando la Cibeles, intacta e impasible, bajo un sol de cobre verde y tan enrarecido como el aire de la mañana.

Joaquina

Un tranvía giró hacia la calle Goya. Parecía sostenerse apenas sobre raíles invisibles, y en su lomo quedaban recuerdos de la metralla. Como el tranvía, las personas mantenían un equilibrio imposible mientras avanzaban hacia el parque, o por lo menos eso le parecía a Joaquina, que desde hacía días creía vivir en un mundo de equilibristas asustados.

–He visto a Avelina –musitó.

–¿Dónde? –preguntó su hermana Lola.

–En el furgón que acaba de adelantar al tranvía. La deben de estar cambiando de comisaría. Tenía la cara amoratada...

–Podías haberte ahorrado la información –dijo Maruja, temblando.

Las tres habían empezado a acelerar el paso y Joaquina iba la primera.

–¿Por qué vas tan deprisa? –preguntó Lola.

–Creo que nos siguen dos policías –dijo Joaquina, sin perder de vista el tranvía, que acababa de detenerse en la parada.

–No puedo seguir tu paso con estos zapatos y esta falda –protestó Lola. Maruja la miró como si corroborara sus palabras y las hiciese suyas.

–¿Y quién te mandó vestirte así? –dijo Joaquina entre dientes, mirando a Lola de soslayo–. ¿A quién querías seducir? Prefiero no imaginarlo.

El tranvía se puso en marcha antes de que llegasen a la parada y se dirigieron a la boca del metro.

–¿Todavía nos siguen? –preguntó Maruja.

–Sí –contestó Joaquina, que acababa de girar la cabeza.

Era una tarde de lloviznas turbias, bajo una atmósfera tensa y en una ciudad que parecía un inmenso claroscuro. En el porche de una gasolinera apenas iluminada un empleado las señaló claramente con el dedo. Joaquina se giró de nuevo y comprobó que los dos hombres estaban más cerca. Uno de ellos parecía muy pálido y llevaba una gabardina azul marino.

–Tenemos que llegar a la boca del metro –dijo Joaquina, volviendo a acelerar el paso.

Ya habían empezado a bajar las escaleras de la estación de Goya cuando oyeron:

–¡Vosotras!

No estaban dispuestas a detenerse pero un vendedor de periódicos, que se hallaba en mitad de las escaleras, las paralizó con su bastón.

–¡Alto! –dijo, con inesperada autoridad.

Las tres se quedaron sobre el mismo escalón, dando la espalda a sus perseguidores. No hacía falta verlas de frente para saber que eran hermanas. Sus siluetas podían ser distintas pero era idéntica su rigidez, como salida de un mismo tronco.

El vendedor de periódicos miró los tres cuerpos sucesivos e hizo una mueca irónica que sólo Joaquina detectó.

–Daos la vuelta –ordenó el policía.

Las tres se giraron casi a la vez, sobre el mismo escalón. Nueve escalones por encima de ellas las estaban mirando el hombre de la gabardina y su acompañante. Lo iluminaba una farola que emitía una luz verdosa y caía sobre él la lluvia fina. El hombre miraba con distancia desde sus ojos claros y era de una palidez poco habitual, que se acentuaba a la luz de la farola. Lola y Maruja preferían apartar la mirada, pero Joaquina observaba con cierto asombro al policía. Su cara podía resultar extraña pero era mucho más concreta que las sombras que bajaban hasta el metro o subían a los tranvías, y en ella se materializaban mejor los temores que la habían dominado en los últimos tiempos. Por más raro que le pareciese aquel rostro, por más desconocido e inesperado que le resultase, de pronto tuvo la impresión de que era el rostro que le había sido destinado. Ahora estaba ante él.

–¿Tenéis mucha prisa? –preguntó el policía, con una voz que casi parecía un susurro.

Asintieron.

–Pues lo siento, porque os vamos a retener un poco. Un placer conoceros –añadió–. Acompañadnos.

No hubo más palabras hasta que llegaron a comisaría: un chalet de la calle Lope de Rueda. Circundaba la casa un jardín asilvestrado en el que se veían varias estatuas mutiladas, con sus ojos vacíos y dirigidos hacia la comitiva que pasaba entre ellas y se perdía tras la puerta del porche.

En el vestíbulo, de paredes cubiertas con papel deteriorado, la inquietud podía olerse, casi podía verse, flotando en el ambiente, bajo las bombillas mezquinas que iluminaban parte de la escalera, que iba a perderse en las sombras.

En la escalera había otras dos estatuas, también mutiladas. Una de ellas, que llevaba en su mano una manzana, estaba decapitada y la otra no tenía manos.

Llegaron al pasillo del primer piso, que era ancho y largo. A un lado, en una sala que tenía la puerta abierta, había muchos detenidos. El hombre pálido cerró la puerta y dijo:

–No os preocupéis, os vamos a dar una habitación mejor.

Más que hablar, el hombre aquel seguía susurrando y exhibiendo una gran variedad de actitudes suaves, que casi parecían zalameras. Ya se hallaban al fondo del pasillo cuando el hombre les ordenó entrar en un pequeño cuarto y cerró la puerta.

En cuanto se quedaron solas, Joaquina empezó a mirar a sus hermanas con piedad. Ella no era la más guapa; la más guapa era Lola. Joaquina podía tener la boca carnosa, pero Lola la tenía más; Joaquina podía tener los ojos negros, pero Lola los tenía más. Ese determinismo, evidente desde que tuvo uso de razón, la había dotado de un realismo del que sus hermanas carecían.

Joaquina miró sus piernas con preocupación, que aumentó al ver las de su hermana.

–¿Qué nos van a hacer? –preguntó Lola.

–Interrogarnos –dijo Joaquina, acercándose a la ventana de la celda, desde la que se veía el jardín de las estatuas. Ahora sentía mareos. Por una parte, pensaba que nunca había tocado tanta realidad, y por otra parte tenía la impresión de haberse metido, junto con sus hermanas, en las estancias de un sueño del que podían despertar en cualquier momento.

Lola empezó a sentirse cada vez más nerviosa. Joaquina volvió a mirarla pensando que, en muchas circunstancias, valía más tener un cuerpo discreto, casi invisible.

Del techo colgaba una bombilla pequeña. Bajo su luz, el cuerpo de Lola parecía de cera a punto de diluirse.

–¿Por qué me miras así?

Joaquina mostró su expresión más fría para decir:

–Hubiese sido mejor para ti no estar tan guapa.

–¿Quieres que me arañe la cara como Santa Rosa de Lima? ¿Y tú? ¿Qué haces con ese cinturón?

Joaquina se miró la cintura y, con la chaqueta abierta, se dio cuenta de que llevaba el cinturón que le habían traído de África, formado por pequeñas cabezas de negros. No recordaba habérselo puesto y se sintió desconcertada.

Lola estaba a punto de decir algo cuando un policía abrió la puerta y preguntó:

–¿Quién de las tres es Joaquina?

Joaquina se incorporó y desapareció en las sombras del pasillo, escoltada por dos hombres.

No mucho después, Joaquina se hallaba sentada en una silla, junto a una mesa de oficina sobre la que reposaba un flexo encendido, un cenicero y un vaso lleno de agua.

Desde un ángulo de la sala, que permanecía en la penumbra, la observaba el hombre pálido, mientras fumaba un cigarrillo. Tras la ventana se veía humo. El hombre miró hacia el jardín y se fijó en un soldado que arrojaba al fuego los libros que habían encontrado en la casa. Luego se apartó de la ventana y regresó a la esquina.

–Habla –dijo.

–¿De qué? –preguntó Joaquina, girándose levemente hacia él.

–De cualquier cosa –añadió el funcionario, casi con dulzura.

Joaquina se quedó muda. El hombre permaneció observándola más de dos minutos hasta que dijo:

–Quítate el cinturón.

Joaquina obedeció y dejó el cinturón sobre la mesa. Bajo la luz del flexo, las cabezas de ébano brillaban y parecían haber cobrado vida.

–¿Cuántas cabezas tiene? –preguntó el hombre.

Joaquina no necesitó contarlas.

–Veintiocho –respondió.

–Una buena escolta.

El policía se acercó a la mesa, cogió el cinturón y empezó a moverlo sugestivamente.

–Veintiocho negros protegiendo tu cintura son cosa de temer; no creo que tuviera más el rey aquel de las Navas de Tolosa. Pero ahora los veintiocho se han ido a bailar el charlestón. A propósito, ¿quieres mucho a tus hermanas?

Creyendo que si mentía las protegía mejor, Joaquina contestó:

–No.

El policía esbozó una sonrisa y volvió a alejarse mientras decía:

–*A la verde verde, a la verde oliva, donde cautivaron a mis tres cautivas.* ¿Te gusta esa canción?

Joaquina pensó que se hallaba ante un interrogador extraño, capaz de crear enseguida profundos círculos emocionales, entre los que no se descartaba generar una cierta simpatía en el interrogado. Actitud que contradecía el rosario de frases amenazantes con las que iba hilvanando todo lo que decía.

El policía volvió a encender un cigarrillo y la miró con menos deferencia.

–¿Te crees guapa?

Joaquina negó con la cabeza.

–¿Y lista?

–Tampoco.

–Ni guapa ni lista. Cualquiera pensaría que eres pura modestia, y sin embargo no tienes cara de modesta. Detecto tu orgullo. En realidad salta a la vista. ¿Tu hermana Lola es también muy orgullosa?

Joaquina elevó hacia él la mirada.

–¿Por qué lo dice?

Inesperadamente el hombre le dio un tortazo en la cara que a punto estuvo de derribarla. Luego se acercó a la ventana y con una voz que casi parecía la de un suplicante, empezó a decir:

–No te hagas la tonta y no malgastemos el tiempo. Estoy aburrido, tengo sueño y te detesto. Más claro ya no puedo ser. Así que empieza a cooperar o perderé los nervios.

–¿Y qué tengo que hacer?

El policía acercó su silla, se sentó pegando sus rodillas a las de la detenida, posó las manos en su rostro y dijo:

–Te tienta el sueño y empiezas a ver luces...

Joaquina siguió con fluidez las indicaciones del funcionario, como si la hubiesen despojado de su voluntad.

–Y esas luces son las luces de un andén. Repite.

–Y esas luces son las luces de un andén.

–Estás un poco triste porque te vas de Madrid. Tus amigas han acudido a despedirte. Están todas en el andén. Repite.

–Están todas en el andén.

–Tú te vas despidiendo de ellas una a una. ¿De cuál te despedirías primero?

–No lo sé.

–Las estás viendo, se hallan contigo en el andén, y el tren

está a punto de salir. ¿Me vas a decir que no sabes de quién te quieres despedir primero?

–¿Qué significa este juego?

El Pálido sonrió con acritud y le dijo casi al oído:

–¿No tienes amigas?

–Están muertas.

–¿Todas?

–Todas.

El Pálido miró su frente y murmuró:

–¿Has pensado en lo solos que se quedan los muertos?

–Los muertos no se quedan más solos que los vivos.

–¿No?

–No.

–Una cosa observo. Eres testaruda.

Joaquina movió contrariadamente la cabeza.

–Los muertos se quedan solos en la mente de los pocos que los recuerdan, inmensamente solos, hasta que desaparecen como polvo en una polvareda. Y eso es la eternidad.

–Si usted lo cree así.

–¿No te gustan mis palabras?

Joaquina no respondió.

–Te he hecho una pregunta.

Siguió sin responder.

–¿No te gustan? –susurró muy cerca de ella.

Joaquina se agitó con angustia antes de decir:

–Pero ¿esto qué es? ¿La locura?

–Acabas de dar con la palabra –dijo el Pálido, posando de nuevo las manos en sus carrillos–. Y la locura es una atmósfera. Y una cosa parece segura: cuando alguien la siente, luego no le resulta nada fácil despegarse de ella, nada fácil... Por más terrible que sea, la locura crea enseguida dependencia.

Joaquina se quedó paralizada. El Pálido se apartó de ella, se acercó a la ventana y empezó a silbar. En el jardín, el soldado seguía arrojando libros a las llamas.

Pilar

Roux se sentía esa mañana purificado, si bien algo inquieto. Le ocurría siempre que bebía hasta perder la conciencia. Al día siguiente se despertaba en la oscilante barca del olvido, y no se acordaba de nada.

Apuró de un trago toda la taza, pidió más café y se miró en el espejo que se hallaba a su derecha. Tenía las cejas y el bigote más grises. Acababa de darse cuenta. Pero le gustaba el traje, que se le antojaba uno de los más elegantes que había tenido en su vida, y los zapatos de dos colores también le dejaban muy satisfecho.

Dejó de mirarse, se frotó la cabeza y empezó a recordar lo que había hecho la noche anterior. Primero había estado cenando en el Ritz con el comandante Radeno, luego se había ido a Chicote, donde había encontrado a una «señora» llamada «Fabiola», con la que se había ido a la cama.

El comisario apuró la taza que le acababan de servir y pensó que iba a repetir con la meretriz de nombre romano, si bien no se acordaba de su cara. En realidad Roux sólo recordaba volúmenes, oscilando en la grasienta oscuridad, que parecía totalmente ocupada por el olor de la mujer y el de su propio aliento. También recordaba ruidos sofocantes, y un desprendimiento leve, que apenas parecía un orgasmo. Ella le había dicho amor mío, y ahora a Roux le hacía gracia la frase. Siempre le había hecho gracia el cinismo.

Casi con temor, Roux tomó la primera copa de brandy

del día, encendió un puro y se incorporó. Inmediatamente el botones se acercó a él.

—Señor, su capa.

El botones le colocó la capa sobre los hombros y Roux salió del hotel muy recto. Sólo se inclinó cuando tuvo que entrar en el coche que le aguardaba junto al hotel y que habría de conducirle a la comisaría de la calle Jorge Juan.

El coche negro dejó atrás las rumorosas arboledas de Recoletos, que esa mañana parecían brillar bajo una luz velazqueña, bordeó la Biblioteca Nacional y se adentró en Jorge Juan justo en el momento en que llegaba un furgón lleno de detenidas.

Nada más pisar su despacho, llamó a Gilberto Cardinal, que acudió enseguida.

—Veo que lleva un traje nuevo —dijo Roux—. Le queda mejor que las ropas que llevaba cuando se hacía pasar por comunista...

—Gracias...

—No se precipite en darlas. He dicho que le queda mejor, pero no que resulte más convincente.

Cardinal, que era el mejor informador del departamento, había pasado por comunista durante la guerra, siendo en realidad un quintacolumnista. Pero había hecho de izquierdista tan bien que se cernían ciertas sospechas sobre él, y se estaba viendo obligado a hacer nuevos méritos.

—Se lo diré una vez más: usted sólo resultaba convincente cuando iba disfrazado de soviet —aclaró Roux.

—Debido a mi disfraz nunca habíamos tenido una cosecha tan abundante. ¿Eso no cuenta para usted?

—Eso cuenta relativamente. Sin usted la cosecha no hubiese sido menos copiosa, eso se lo puedo asegurar. Por lo demás, Franco nunca se fio de la Quinta Columna, y tampoco el comandante Isaac Gabaldón.

—Le recuerdo que también el Pálido fue quintacolumnista y nunca ha tenido ni la mitad de problemas que yo —dijo Cardinal.

Roux le dirigió una mirada mordaz y añadió:

–¡Pero es que el Pálido parecía un quintacolumnista y no engañaba a nadie, ni a los rojos ni a los nuestros! ¿Usted lo parecía? Mas no se preocupe, que todo tiene arreglo en esta vida y tiempo tendrá de depurarse, en el caso de que haya sido realmente contagiado por el enemigo. ¿Le importaría someterse a un careo con una persona que usted conoce?

Cardinal se puso rígido. Roux no pasó por alto su reacción y dijo:

–¿Le asusta lo que le propongo?

Cardinal adoptó un aire más natural y respondió:

–En absoluto.

Mientras aguardaba en la celda, Pilar llevaba un rato recordando la lluvia de primavera, que formaba torrenteras en algunas calles. Los tranvías, llenos de gente, chirriaban al acercarse a la glorieta, frente a la entrada del cine, que era una invocación al calor y donde solía esperarla un novio que había tenido antes de la guerra.

Lugares que ahora se confundían unos con otros de forma mucho más caótica que en los sueños, y en los que aparecía siempre la silueta a la vez aplastante y huidiza de Gilberto Cardinal: su pesadilla.

Ahora Cardinal se paseaba por su memoria con la arrogancia de un loquero por un manicomio y la suavidad de un pez en el agua. Cardinal se había sumergido hasta en su memoria más líquida y desde allí la envenenaba, de forma que Pilar sentía su veneno como una sustancia que procedía de Cardinal y al mismo tiempo de su más íntima materia.

Aún recordaba cuando lo vio en el patio de la comisaría, junto a la fuente de granito, hablando con los policías. Cardinal la había mirado de soslayo pero de forma amenazante, como si creyera que la mejor defensa contra la embestida de otros ojos era atacar primero, y con más crueldad.

A sus treinta años, Pilar estaba lejos de ser una ingenua y veía en la figura de Cardinal un auténtico heraldo de la muerte. Daba la impresión de que Cardinal no se sentía seguro entre los vencedores, circunstancia que le podía llevar muy lejos. Pilar sabía que si había algo peor que un policía era un policía desesperado.

Desde la celda, Pilar recordaba una noche en las fiestas de Cuatro Caminos. Cardinal, que nunca hasta entonces le había dirigido la palabra y que se hallaba seriamente borracho, le había hablado de la «luz de su mirada» y su sonrisa «de una amabilidad exquisita». En otra boca le hubiesen gustado esos elogios, pero en labios de Cardinal le parecieron dardos lanzados con cerbatana, y se limitó a encogerse de hombros, sin decir una sola palabra.

Quería dejar de pensar en él pero no podía. Yo creo que se ha apoderado hasta de mis moléculas, pensó llena de ira. Fue entonces cuando la llamaron para el primer interrogatorio. Dos policías acudieron a la celda y la condujeron hasta el despacho de Roux, donde también se hallaba Gilberto Cardinal.

El comisario miró a Cardinal y preguntó:

–¿Conoce a esta mujer?

–Sí –contestó él.

Roux se acercó a la detenida, señaló a Cardinal y dijo:

–Y tú, ¿conoces a este individuo?

Pilar asintió.

–Es Gilberto Cardinal –musitó.

–¿Y Gilberto Cardinal no era de los tuyos?

–Eso parecía.

–¿Eso parecía? Lo parecía y lo era. Luchó junto a vosotros como nadie. Pero obsérvalo ahora... Te está delatando... Ha aprendido la lección y ha sabido cambiar a tiempo... ¿No vas a hacer lo mismo?

Pilar no contestó. Cardinal, que parecía profundamente irritado, empezó a decir:

–No es lícito que usted me presente como un delator y un renegado. Yo no fui ningún traidor, yo sólo fui un espía, señor Roux, y como espía le puedo decir que esta mujer se llama Pilar y que tuve cierta relación con ella.

Roux le miró con desdén y comentó:

–Es usted de una ineptitud sobrecogedora. ¿Pretende desbaratar mi interrogatorio poniendo en cuestionamiento mis palabras? ¿Se ha vuelto loco?

–Perdón, yo...

–Le perdono, Cardinal, pero ahora quiero que continúe usted interrogando a su antigua amiga...

Cardinal miró a Pilar con pánico. A veces le resultaba muy difícil cambiar de plano mental y moral. Tenía la impresión de que en leves segundos se quemaban en su cabeza montones de imágenes que ya no iban a regresar a él por la sencilla razón de que ardían para siempre.

No le había costado hacer de espía, pero le costaba interrogar a conocidos que en otro tiempo habían confiado en él. Empezó a sudar. Roux le miró con desprecio y dijo:

–Me lo temía.

Cardinal se vio obligado a cambiar tajantemente de actitud. Primero se quedó rígido, luego se acercó a Pilar y, mirándola de frente, empezó a decir:

–Sé que en tu cabeza hay ideas y conductas que no se van a borrar fácilmente.

Pilar hizo un gesto que parecía de aprobación. Cardinal continuó:

–¿No sé si te das cuenta de que perteneces a la clase de enemigos que estamos obligados a abatir?

–¿Quiere decir que llevo una diana en la cara?

Cardinal, que conocía de oídas la ironía de Pilar, se prometió a sí mismo no ceder.

–Exactamente –respondió imperturbable.

Roux los miró con estupor, como si estuviese contemplando una obra de teatro más que un interrogatorio. Cardinal miró a Pilar y dijo:

–¿Te sientes orgullosa de ser el blanco perfecto? ¿Te alegra serlo?

–No.

Cardinal le dio un tortazo y le dijo casi al oído:

–¿Dónde te gustaría que arrojasen tus cenizas?

Pilar no contestó.

–¿Te has quedado muda? Antes de seguir voy a decirte una cosa. Nadie va a preguntar por ti, y el que pregunte correrá tu mismo destino. Si ahora mismo te sacamos de esta casa y te disipas en el aire nadie, absolutamente nadie, va a preguntar por tu desaparición. Y si preguntan, ¿adivinas con qué se van a encontrar? Se van a encontrar con bocas cerradas y miradas de resignación. Como ves, las reglas del juego han cambiado y el dilema está claro: o empiezas a sonreír con un poco de dulzura y a contarnos todo lo que sabes, o alguien te va a dejar sin respiración.

–¡Bravo! –exclamó Roux.

Cardinal le miró con desesperación. Roux sacó del bolsillo interior de su chaqueta dos puros, le ofreció uno y dijo:

–Le felicito. Hasta interrogando es usted más tosco que un soviet. Pero tiene madera para achicar conciencias, y todavía me pregunto dónde la adquirió y con qué gente...

Cardinal se sentía cada vez más hastiado de aquella situación, pero, para su fortuna, fue esa mañana cuando Roux empezó a cambiar de actitud con él y, conduciéndolo a una esquina de la sala, le susurró al oído:

–¿Ha visto al Pálido?

–Acaba de llegar.

–¿Por qué se ha retrasado tanto?

–Necesitaba dormir.

–¿Y la redada de Cuatro Caminos?

–Prefiere no hacerla. Él sólo piensa encargarse de una mujer que se llama Ana y que conozco desde hace tiempo.

–¿Guapa?

–No sabe usted hasta qué punto.

Roux meneó con paciencia la cabeza.

–Entonces encárguese usted de concluir la operación y sepa de una vez que empiezo a confiar en su persona y que le hablaré de ello al comandante Gabaldón.

Cardinal cambió de cara y le dio las gracias a Roux. Luego se puso la chaqueta, se dirigió a la salida y se metió en el coche, sintiéndose por primera vez cómodo en el nuevo orden.

Inmóvil en la esquina de una celda llena de detenidas, Pilar lloraba en silencio mientras acariciaba la mano de Joaquina, que el día anterior había sido trasladada desde Lope de Rueda, y con la que acababa de mantener una breve y susurrante conversación.

Pilar no lloraba de dolor, lloraba de indignación mientras pensaba en sí misma, en Cardinal, en los interrogatorios, en sus amigas, en sus conocidos, en sus enemigos, en el mundo... Todo se agolpaba en su cabeza conformando una misma esfera.

Aunque su aspecto fuese diferente y distintos sus caracteres, Joaquina y Pilar poseían un sentido de la indignación muy parecido, y cuando trataban de buscar culpables, empezaban por sí mismas, pero luego extendían la culpabilidad siguiendo un sistema de círculos concéntricos, hasta que la culpa anegaba el universo.

Joaquina entreabrió los ojos y miró a Pilar, que seguía sentada en el suelo.

–¿En qué piensas? –musitó.

Pilar meditó la respuesta. Luego acercó su boca a la oreja de Joaquina y susurró:

–En el tortazo que me dio Cardinal... Hace un rato soñé que le partía la espina dorsal.

Joaquina volvió a cerrar los ojos. Desde el fondo del pasillo llegó un grito que creyó reconocer y se echó a temblar.

Pilar apretó su mano.

–Tranquilízate –dijo.

Joaquina volvió a cerrar los ojos y recordó a Lola, tal como la había visto la última vez. Un silencio pétreo se impuso en toda la casa poco después y, durante unas horas, no volvieron a oírse gritos.

Aún reinaba el silencio cuando Pilar dijo:

–¡Qué sucia me siento! Me consolaré pensando que las

princesas de hace dos siglos nunca se lavaban la cara y ocultaban la suciedad con polvos de arroz. Seguro que apestaban.

–Seguro.

–¿Sabes en qué pienso cuando me veo tan atenazada? En una película que vi de niña... *El ladrón de Bagdad*... Era todo como una danza... El ladrón entraba y salía de las celdas con más facilidad que el viento...

–Sí, recuerdo haberla visto en el Alcalá. Era muda y la acompañaba al piano Blanca.

–¡Es verdad, Blanquita! Hace meses que no la veo.

–¿No vas a intentar dormir?

Pilar contestó como si aún se hallase en la Bagdad de la película:

–Duerme tú, que yo te prepararé la cama y le daré rosas con miel a tu camello.

–¿Estás loca?

–Eso me temo.

Las palabras de Pilar tuvieron sobre Joaquina un efecto inmediato que la fue conduciendo, como a lomos de un dromedario, a las moradas de un palacio oriental, a juzgar por la cara que puso al quedarse dormida bajo la luz de la bombilla.

Se oyeron ruidos de llaves. Crujió la puerta y se abrió. Entró en la celda una mujer. Avanzaba inclinada, y el pelo ocultaba su cara. La bombilla osciló y la iluminó un instante. Sólo entonces Joaquina se dio cuenta de que era su hermana y gritó. Pilar le tapó la boca con las manos mientras Lola se desplomaba sobre el catre.

Desde algún lugar del inmueble llegó el sonido de una radio que emitía música gregoriana. No era la primera vez que la escuchaban al alba. La música cesó y fue entonces cuando oyeron un grito y un ruido seco, procedentes del patio. Daba la impresión de que hubiesen dejado caer un cuerpo desde el segundo o el tercer piso.

No mucho después, las asaltó el sonido de una sirena, que cesó bruscamente. Luego todo fue silencio y murmullos apagados. Joaquina sintió frío en el cerebro y lo agradeció. Le hubiese gustado tener hielo en la mente. Luego volvió a mirar a su hermana. Con toda evidencia, Lola no quería elevar la mirada hacia ella, y eso no era una buena señal. Desde la calle llegó el rugido de un automóvil.

Un coche negro acababa de detenerse frente a la comisaría y se observaba en el portal la agitación de quienes tienen algo que ocultar. El Pálido se acercó al automóvil y abrió la puerta trasera.

–¿Y ése? –preguntó Tino, que llevaba un rato junto a Suso, en una esquina de la calle Jorge Juan. Junto a ellos se encontraba una vez más Muma.

–Seguro que es un policía.

–¡Qué delgado es el condenado!

–Parece un lagarto desteñido.

Seguían en la esquina cuando vieron que dos hombres arrastraban una camilla sobre la que reposaba un cuerpo que por su inmovilidad parecía el de un muerto. Muma se acercó a la camilla y empezó a ladrar.

Uno de los guardias le dio una patada en el morro y el perro echó a correr. El guardia, que parecía furioso, sacó la pistola y disparó dos tiros. Muma siguió corriendo y cruzó la calle Serrano como un zumbido. Cuatro horas después, Suso y Tino lo encontraron en la calle de los Artistas y le preguntaron si el muerto era Pionero.

Muma contestó con un gemido afirmativo y continuó agitándose. Seguramente no comprendía por qué su segundo amo había desaparecido y no sabía qué hacer con sus nervios. Ya estaba anocheciendo y Tino y Suso se despidieron. Muma pasó de la agitación a la tristeza y se tendió como una alfombra en la acera, como si no quisiera oponer la más mínima resistencia a la mortecina inmensidad del mundo.

Blanca

Blanca había conocido a Enrique cuando era pianista del cine Alcalá. Él tocaba el violín en el mismo establecimiento. Su amor empezó siendo un diálogo musical que reflejaba más o menos lo que estaba pasando en la pantalla.

Más que ilustrar musicalmente la película, durante un tiempo se dedicaron a contestarse el uno al otro, conduciendo al público a emociones que no estaban en el guión y que eran regalos de la pasión improvisada.

Blanca recordaba muchas películas, pero sobre todo una: *Lirios rotos*. Pocas veces la necesidad la había obligado a expresarse tanto en cada movimiento musical, y resultaba evidente que a Enrique le había pasado lo mismo.

Y hubo una noche en que el piano y el violín consiguieron arrebatarle el protagonismo a las imágenes y sintieron que todo el público estaba conteniendo el aliento.

Cuando acabó la película, ellos continuaron unos minutos más el concierto, y al final los aplausos fueron tan entusiastas como estruendosos.

Esa noche, cuando acabó la función, estuvieron bailando hasta el amanecer y al amanecer buscaron el calor de las sábanas de un hotel de Chueca.

Tan sólo dos o tres años después, la llegada del cine sonoro dejó sin trabajo a muchos músicos de Madrid. Pero Enrique fue muy pronto contratado como violinista por la orquesta del café Europeo y Blanca se puso a coser en casa mientras cuidaba de su hija recién nacida, que murió de pulmonía a los pocos meses...

Blanca parece prematuramente consumida, mirando el pequeño ataúd. Es una madre demasiado joven, sólo tiene diecisiete años.

Las moscas zumban en la sala y Blanca cree estar enfrentándose a lo irremediable.

Enrique, que está a su lado, la quiere consolar pero no puede.

Una vela arde junto al féretro. Las paredes parecen oscilar con el crepitar de la llama y en una de ellas se recorta, tembloroso, el perfil de la niña.

Blanca mira la sombra; cree que ha entrado en una cadena de hechos irremisibles y se siente acariciada por el demonio de la locura.

—No te preocupes mujer, tendremos más hijos —susurra, con torpeza, Enrique.

Como si le censurase lo que acababa de decir, Blanca se aparta de su marido, gimiendo de rabia y de dolor.

Ese mismo día entierran a la niña y Blanca empieza a no sentir sus límites. Es la primera vez que le ocurre y no se atreve a decírselo a Enrique.

Se siente viva, nota su respiración, escucha sus latidos, pero no percibe los límites de su cuerpo. Es como si la niña le hubiese robado sus límites y ahora estuviesen bajo tierra.

He enterrado con ella mi piel, piensa, he enterrado mi tacto. ¿Un simple cuerpo bajo tierra basta para borrar todos los límites, todas las fronteras, todas las pieles, todas las conciencias?, se pregunta.

Un simple cuerpo muerto basta para que la vida se abra como un abismo del que no podemos ver las paredes y cuya boca es tan grande como el cielo que abarca nuestra mirada al elevarse.

Aún resuenan en su cabeza los ruidos de la tierra cayendo sobre la caja cuando empieza a creer que está de nuevo embarazada.

No se equivoca, ya que no mucho después viene al mundo su hijo Quique. Más tarde llega la guerra, y tras la guerra la derrota, y tras la derrota la muerte del músico Juan Cánepa, que se suicida en prisión y que deja una agenda en la que figura el nombre de Enrique.

Una noche en que Blanca, Enrique y el niño se hallaban cenando en familia aporrearon la puerta. Enrique abrió topándose de bruces con Gilberto Cardinal y tres hombres más, cuyos rostros permanecían ocultos en la oscuridad.

—Acompáñenos —dijo Cardinal.

Enrique se echó las manos a la cabeza y caminó nervioso hasta la salita para coger su chaqueta.

Blanca intentó retenerlo. Cardinal se acercó a ella, la empujó hacia la pared y le dijo:

—¿Quieres que te llevemos a ti también?

Blanca pensó en su hijo y se quedó paralizada mientras Enrique, ya con la chaqueta puesta, deslizaba la mirada por el violín que se hallaba sobre el piano. Luego se fijó en Quique, que permanecía tembloroso en una esquina del cuarto, y se acercó a él para abrazarlo.

Entre sollozos, abrazó también a Blanca antes de que los hombres lo arrastrasen hasta la calle, donde les aguardaba un coche aparcado frente a la taberna.

Tres días después, Blanca se hallaba preparando un paquete con ropa para su marido cuando varios policías, que habían estado vigilando su ventana desde la taberna, llamaron a su puerta y la empujaron hasta un furgón en el que había más mujeres con la misma cara de desconcierto que ella.

Los dos primeros interrogatorios fueron suaves y la dejaron muy sorprendida, haciéndole creer que la iban a soltar pronto. Llevaba seis horas seguidas en la celda cuando se abrió la puerta y aparecieron dos hombres.

—Usted —dijo uno de ellos, y la señaló con el dedo.

Ya estaba saliendo de la celda cuando pensó en sus trenzas, en sus largas y vigorosas trenzas, y la sorprendió que aún no se las hubiesen cortado. ¿Querrán colgarme de ellas?, se preguntó recordando un rumor que corría por los calabozos.

–Ayer una mujer le vendió a don Basilio sus trenzas. Eran muy hermosas –comentó Suso.

–Yo guardo las de mi madre –confesó Tino–. Son todavía negras y brillantes. A veces las acaricio y siento como si todo su cuerpo se regenerara.

–Tu madre era muy guapa.

–Pero mira qué pronto se la llevó Dios.

–Lo sé, Tino, lo sé, pero no empieces como siempre, por favor. No me llores más, que no están los tiempos para llantos. Los tiempos están para apretar los dientes y seguir andando.

–¿Por qué?

–Porque ése es nuestro destino. Toma ejemplo de Muma, que ahí viene con las mandíbulas prietas y los ojos encendidos, y que sabe de resistencia mucho más que nosotros.

Tino y Suso se hallaban en la trastienda de la mercería, manipulando hombres y mujeres de cartón piedra.

Don Basilio, que era como llamaban al comerciante que los contrataba, había sido el propietario de una tienda de tres pisos, en la que había muchos maniquís. Ahora esos maniquís reposaban en el trastero, condenados a no volver a vestirse nunca.

Una hora antes, don Basilio les había ordenado que fuesen separando los maniquís que aún estaban enteros, y que los miembros sueltos los fuesen dejando en una esquina. Así que desde hacía un rato los muchachos habían ido acumulando piernas, brazos y cabezas en una esquina del cuarto.

–¿No te impresiona ver tanto brazo y tanta pierna sueltos? –preguntó Tino.

Suso se acercó a la ventana y dijo:

—Más me impresionan otras cosas. Ya han cogido también a Pilar y a Joaquina y sus hermanas.

—No me acuerdo de Joaquina —dijo Tino, observando la mano de un maniquí infantil.

—¿Cómo que no? La del cinturón de las cabezas de negros... Tenía una hermana soberbia.

—¿Más soberbia que Ana?

—¿Hablas de Ana? —dijo Suso mirando por la ventana—. Ahí la tienes.

Desde la ventana de la trastienda, Suso y Tino vieron a una mujer que caminaba erguida, dando pasos largos y elegantes, y que daba la impresión de que tenía prisa. A diferencia de las demás mujeres, no llevaba los cabellos recogidos, como si pensara que la ola de oro que envolvía su cabeza podía saltar por encima de la moda.

Los dos muchachos abandonaron inmediatamente la sala y la siguieron, oliendo a humo y a fuego y sin saber muy bien lo que hacían. Muma los miró con ojos incisivos, y prefirió no seguirlos. Cerca de la calle Almansa, Ana se subió a un tranvía y Suso y Tino abandonaron la persecución.

Ana

Desde una esquina de la calle Tetuán, el Pálido vio que un tranvía se detenía en la parada vacía. Sólo descendía una mujer espigada, rubia, y con una columna vertebral muy bien asentada. Una sirena se oyó a lo lejos. La mujer miró hacia atrás y aceleró el paso hasta desaparecer en el portal de una casa flanqueada por un montón de escombros y un erial.

Pensando que ya la tenía localizada, el Pálido decidió abandonar la zona y regresó a comisaría, ajeno a las metamorfosis que estaban a punto de producirse en la mujer rubia.

Mientras avanzaba por el portal, Ana era todavía ella, con su silueta alargada y sus pasos llenos de decisión, y todavía era ella cuando llamó a la puerta.

–Hija, por fin llegas... –murmuró su madre, que acababa de abrir.

Ana cruzó el umbral y empezó a sentir que su cuerpo se achicaba y su orgullo se desvanecía como una bocanada de humo en medio de una corriente.

–¿Has conseguido algo?

–Una barra de pan y una sardina. No es mucho, pero ha sido toda una conquista. Diez horas de cola en el Auxilio Social...

En la salita en la que acababan de entrar se hallaban, en torno a una mesa vacía, uno de sus hermanos, su novio y su padre.

—¡Ana! —exclamó su novio, que se llamaba Francisco. Se le veía pasión en la mirada y deseos de besarla, pero no lo hizo.

Ana dejó el bolso sobre una silla y se sintió aún más achicada. Era otra mujer, ya no tenía nada que ver con la que bajaba del tranvía y avanzaba por la calle; había entrado en otro círculo de significación donde su persona adquiría un aspecto más fantasmal y sus gestos un aire más tembloroso.

—Ana y yo nos vamos a ir al extranjero —se atrevió a anunciar Francisco.

El padre de Ana hizo un movimiento brusco que dejó a todos en suspenso. Sabiéndose objeto de todas las miradas, se limitó a adoptar una actitud pétrea. Ana empezó a respirar de otra manera y una vez más se vio envuelta en la peor contrariedad de su vida. Por un lado, parecía una mujer de carácter, circunstancia que la había conducido a desarrollar una gran actividad durante la guerra y muy especialmente al final. Y por otro lado se sentía incapaz de llevar la contraria a sus padres y tendía a plegarse a sus deseos con una facilidad patética.

Su padre la miró un instante y Ana menguó todavía más.

—¿Es verdad que quieres irte? —dijo su madre—. ¿Serías capaz de dejarnos solos en Madrid?

—No me mires así, mamá. Francisco tiene razón. Nos tienen a su merced.

—Esto no va a durar.

—¡Qué engañados estáis! —dijo Francisco, poniéndose la chaqueta—. Pensad que acaba de empezar la eternidad y tendréis una idea aproximada del tiempo que estamos viviendo. Ya estamos en otro país, sabedlo.

La madre de Ana, que había escuchado con gesto de desdén las palabras de Francisco, comentó:

—Veo que tu empeño de robarnos a Ana ha dado mucha viveza a tu lengua, pero a mí no me vas a engañar. Como Ana se vaya, nos caemos todos. Más explicaciones no hacen falta.

—Será mejor que dejemos esta discusión para otro momento –aconsejó Ana–. Tengo que pasar por la calle Alcalá.

–Y yo tengo que ir a buscar a un compañero a la estación de Atocha –dijo Francisco.

Los dos salieron a la vez y se despidieron discretamente en la parada del tranvía. Dos días después, volverán a despedirse, de forma más definitiva, cuando ya Francisco esté a punto de irse a Alicante, donde espera subirse a un barco clandestino.

Será un adiós doloroso, entre besos y sollozos de rabia y de deseo. Ana pensará que es él quien corre más peligro, y Francisco creerá que es ella la que de verdad se está arriesgando y hará todo lo posible para arrastrarla hasta el tren. No lo conseguirá, pero esa noche se entregarán el uno al otro más que nunca y sellarán su adiós con besos que querrán ser más hondos que su separación.

Con los ojos húmedos, Ana miró a Francisco y se preguntó cuál podía ser el castigo de los amantes cobardes. Tal vez el castigo de los amantes cobardes era el peor que se podía infligir a alguien. Por no haberse amado hasta el fondo cuando tenían que haberlo hecho iban perdiendo la vida poco a poco, hasta convertirse en muertos vivientes.

Él se iba a Alicante y ella se quedaba en Madrid. Y los dos hacemos lo que hacemos porque somos amantes cobardes. Yo soy cobarde porque no me atrevo a enfrentarme a mis padres. Porque los veo en su pequeñez y a la vez los agrando sin poder evitarlo. Y los amantes cobardes, ¿tienen perdón? ¿Él tiene perdón? ¿Yo tengo perdón?, pensó.

–¿En qué piensas? –preguntó él.

A punto de llorar, Ana le miró y dijo:

–En lo que nos aguarda.

En lo que nos aguarda, repite para sus adentros mientras él le besa el cuello. Ana cree que puede haber experiencias que achican el alma más que la mirada de un padre severo, mucho más. La experiencia del terror, por ejemplo. Quizá sólo habían conocido el preludio del terror, porque habían estado siempre acompañados y el verdadero terror se vivía a solas. De pronto se ve a sí misma sola en una celda, luego sola ante un policía, ante dos.

–Te juro que me mataría. Sí, ahora mismo, de un tiro en la cabeza y con tu pistola.

–Ana, por favor.

–¿Imaginas lo partida que me voy a quedar?

–Sí.

Ana cierra los ojos. Le es imposible concebir un porvenir luminoso. Sólo ve un túnel. Es de una profundidad vertiginosa, en realidad no tiene límite.

–Abrázame –dice–, me gustaría meterme dentro de tu cuerpo.

En ese momento escuchan el silbido de un tren y se aprietan aún más fuerte.

–¿Es el tuyo?

–No.

Aún pueden pensar que el reloj se ha detenido y que podrán estirar infinitamente el fragmento de tiempo que les queda. Es el momento de allanar el fondo del pensamiento, pero también el fondo del cuerpo.

Francisco empieza a deslizar la mano bajo las piernas de Ana. Nota primero las medias y después la carne tensa. Casi lamenta que sea tan guapa. Piensa que es un dolor renunciar a tanto, luego piensa que es mejor no pensar.

Ahora está acariciando sus pechos, que laten bajo el sostén. Seguramente nunca le han parecido tan hermosos. Por un instante, es consciente del lugar en que se encuentran. Un portal de paredes oscuras, iluminado por una bombilla que oscila, y piensa que le hubiese gustado despedirse de ella en otro sitio, algo más íntimo y menos desolador.

Ana quisiera llorar. No acierta a desear en esas circunstancias, y nota que él tampoco. Sí que hay un deseo, que parece más hondo que el de la carne, pero que no puede expresarse así, quizá porque ningún lenguaje sirve, ni siquiera el de la carne, para expresar la desesperación cuando llega desde la profundidad del sentimiento y lo llena todo, cualquier gesto, cualquier beso, de amarga lucidez.

Desde un ángulo de portal, Suso los está mirando. Hace un rato creyó oír ruidos en el portal y se deslizó hacia su interior moviendo con cuidado la puerta.

Suso se siente nervioso y culpable, pero no puede dejar de mirar las piernas de Ana, que a veces brillan a la luz de la bombilla.

De pronto parece que se desean con más certeza, aunque también con más desesperación y Ana tiene la falda completamente subida. Ha arqueado las piernas sobre él y las mueve. Brillan bajo la lámpara sus zapatos ocres y él rocía su cuello de besos apasionados.

Otro tren vuelve a silbar.

–El mío –dice Francisco.

Suso se desliza hasta la puerta y luego hasta la calle y echa a correr cuando el tren silba de nuevo.

El Pálido había dormido en casa de su madre y estaba tomando el café en la cocina. En los últimos tiempos, rara vez dormía allí, pues tenía a su disposición una habitación en el Palace, donde se sentía más libre y mejor atendido que en casa, pero a veces hacía excepciones para complacer a su madre.

Ya se disponía a marcharse cuando ella dijo:

–Ayer me telefoneó Patricia. ¿Cuándo piensas casarte?

Su madre acababa de hacerle una pregunta demasiado real, ignorando que la realidad ya no era necesaria. Su madre vivía en el pasado, negándose a admitir que ciertos hombres de naturaleza expansiva podían estar exentos de la ley conyugal pues su destino era, o podía ser, germinar en más mujeres, dejando en todas ellas el recuerdo de su excelencia.

–Lo haré cuando acabe esta guerra –dijo en tono solemne.

–Yo creía que ya había acabado.

–Sólo en apariencia.

–A Patricia no le gusta que andes todo el día interrogando a mujeres, y a mí tampoco –le advirtió su madre.

–¿Crees que es un placer?

Su madre le miró clínicamente y murmuró:

–He llegado a creer que sí.

El Pálido esbozó un gesto melodramático, de difícil interpretación.

–Empiezas a tener edad para ir dejando ese juego –añadió su madre.

–¿Se puede saber qué quieres decir? –gritó el Pálido.

–¡A mí no me grites! –rugió ella–. ¿Cómo tengo que decirlo para que me entiendas? ¡Patricia está impaciente y yo también!

¿Patricia impaciente? Él no lo notaba, él sólo notaba el empeño de convertirlo en carne de matrimonio. Pero cabía preguntarse si podía haber algo de emocionante en un hombre casado. Ocurría además que la comisaría le había permitido conocer de forma más directa la intimidad de la mujer. No era un buen lugar para alimentar mitologías y se preguntaba si miraba a Patricia como antes. El Pálido tendía a pensar que no. Podía desearla más que antes, pero de modo más realista, sabiendo la materia que tocaba y calibrando lo que pesaba en cada piel el placer y el dolor.

–¿En qué piensas?

–En las insensateces que acabas de decir –murmuró, tras besar a su madre.

Ya en la calle, respiró con alivio el aire de la mañana y decidió ir andando hasta la comisaría. Caminaba bajo las copas de las acacias, ocultándose a intervalos del sol mate, cuando empezó a pensar en Joaquina. La noche anterior había estado a punto de sobrepasar la línea.

¿La línea? ¿Qué línea? ¿Quién ha visto la línea? ¿Dónde

66

está la línea? De pronto se dio cuenta de que iba hablando solo. Miró avergonzado a su alrededor y aceleró el paso pensando en Ana, su nueva obsesión. Le había empezado a gustar tanto que esa noche se hizo acompañar por dos hombres y llamó a su puerta. Abrió ella misma. El Pálido dudó antes de decir:

–¿Nos acompañas?

Ana asintió con la cabeza y se fijó en el policía. No había emoción en su mirada, sólo había emoción en sus labios tensos. Pensó que había llegado el momento, pensó que estaba pasando lo que tenía que pasar, y lamentó el haber albergado alguna vez la esperanza de que no la iban a detener.

Fue a coger una chaqueta, pero no se lo permitieron. La sacaron de casa tal como estaba, con un vestido gris y blanco y unos zapatos bajos, y la condujeron a la comisaría de Jorge Juan, donde permaneció un rato en una celda, junto a otras detenidas. Apenas hacía media hora que había llegado cuando la llevaron hasta una sala en penumbra que se hallaba al fondo del pasillo y donde la estaba esperando el Pálido.

El funcionario la acogió como quien recibe a una gran dama en su dormitorio y le indicó una silla para que se sentara.

Ana se sentó y notó que el Pálido la miraba con suavidad. Quizá no había sentimientos pero había suavidad.

–¿Qué hora es? –preguntó.

–No lo sé –contestó Ana.

El Pálido avanzó con elegancia, se inclinó hacia ella, que permanecía sentada, y como si se tratase de un enamorado que está algo celoso, dijo:

–¿Por qué mientes?

Ana aborrecía tanta intimidad y se lo hizo saber con un gesto. El policía pareció ofenderse, pero su cara volvió a relajarse y dijo:

–Juraría que eres una fanática del control... Seguro que todavía no has perdido la noción del tiempo. Sé que sabes qué hora es. Buen comienzo. Cuando se empieza respondiendo con mentiras a las preguntas inútiles, se corre el riesgo de responder con verdades a las preguntas útiles. Si quieres podemos jugar al ajedrez, pero te recomiendo una estrategia: miente lo menos posible. Es algo que nos conviene a los dos.

Ana se quedó paralizada.

—Yo no tengo nada que decir.

—¿Nada? Los informes que tengo en mi poder demuestran que no querías que acabase la guerra...

—¿Le extraña?

El Pálido la miró con frialdad, como si quisiera distanciarse inmensamente de ella, y dijo:

—Sí.

—No entiendo nada.

El Pálido se quedó mirándola en silencio, en la esquina desde la que solía mirar a todas, y trató de imaginar qué podía haber dentro de aquel cuerpo de animal dominante, como hubiese dicho Roux.

Sin dejar su rincón, el Pálido dijo:

—¿Estás enamorada?

—No.

El policía se acercó a ella y la miró de frente.

—Vuelves a mentir —susurró—, lo que me obliga a pensar que o eres muy tonta o eres muy lista.

El Pálido cogió el vaso de agua, bebió un poco, volvió a dejarlo sobre el platillo y miró de nuevo la cara que tenía junto a él. Era un rostro dulce, pero de una dulzura sospechosa. Por su mirada, daba la impresión de que se trataba de una mujer a la que le costaba mucho llegar a ciertas convicciones, y que cuando llegaba no se apartaba de ellas ni en broma, temerosa de perder lo que tanto le había costado conquistar.

El Pálido se sentó en la silla que se hallaba al otro lado de la mesa, permaneció unos instantes en silencio, y empezó a decir:

—Mi novia tiene el cuerpo parecido al tuyo y también es rubia...

Ana le miró asombrada. El hombre continuó:

—Pero tiene la nariz más larga y afilada... ¿Cómo decirlo? Una nariz de italiana...

Ana se encogió de hombros. El Pálido continuó:

–¡Prefiero su nariz! Sé que otros hubiesen preferido la tuya... ¡Yo no!

Ana no salía de su asombro. Bruscamente, el policía le preguntó:

–¿Sabías que Cardinal os ha delatado?

–Sí.

–Mientes una vez más. No lo sabías, como tampoco lo sabía tu amiga Pilar. Es para pensar que no sois unas lumbreras –dijo el hombre que, tras encender un cigarrillo, lamentó la lluvia que empezaba a repicar en los cristales.

No era la primera vez que Ana entraba en un espacio en el que todo se volvía sospechoso, pero era la primera vez que, dentro de ese espacio, encontraba a alguien como el Pálido.

–Llevamos media hora de interrogatorio y ya sé tres cosas de ti. Sé que sabes la hora que es, sé que estás encandilada por alguien y sé que no sabías que Cardinal os ha delatado...

Ana volvió a mirarle con asombro. De pronto, más que un universo de sospecha, aquello empezaba a parecerle un universo de locura, y lamentaba que su interrogador le atribuyera semejante capacidad de control. En realidad ella no sabía, ni siquiera remotamente, la hora que podía ser: tenía la impresión de haber salido del tiempo.

Volvió a mirar al hombre pálido. Había dejado de moverse y parecía dormido. Pasaron dos minutos de sofoco y de silencio, hasta que el hombre abrió bruscamente los ojos y preguntó:

–¿Conoces a Julia?

–No.

–¿Aún no te he dicho el apellido y ya respondes que no?

El Pálido se acercó a ella, acarició ligeramente sus cabellos, arrancó con violencia unos cuantos y escupió:

–Lo siento por ti, pero eres un libro abierto, de páginas completamente trasparentes. Basta con saber que siempre contestas lo contrario de lo que piensas.

Ana seguía paralizada. El funcionario se hundió de nuevo en la silla y se quedó en silencio. No mucho después, volvía a parecer dormido.

Cada vez más desconcertada, Ana deslizó la mirada por la habitación hasta posarla en la mesa. El vaso de agua le daba sed y el cortaplumas miedo. Junto al cortaplumas se veía una pila de informes y varias fotografías. Una de ellas parecía de Julia. Estaba sonriendo, vestía de blanco y llevaba un florete en la mano. Tras ella se veía una locomotora humeante. El Pálido se incorporó bruscamente.

–¿Por qué mirabas esa fotografía? –gritó con un furor desconcertante.

Ana hizo un gesto confuso con la cabeza. El Pálido se quedó mirándola fijamente. Ahora tenía la impresión de que Ana era casi idéntica a Patricia. Incluso la nariz le parecía de pronto idéntica.

Escandalizado de sí mismo achacó aquella impresión al alcohol que había ingerido durante la noche, al cansancio, incluso al hastío, y se ocultó en la esquina, desde donde la volvió a mirar. Seguía pareciéndole la doble de Patricia.

–Incorpórate –dijo.

Ana se incorporó.

–Date la vuelta.

Se la dio. El Pálido empezó a preocuparse. También por detrás parecía idéntica a Patricia. Quizá Patricia era algo más rubia. Aunque tampoco se atrevía a jurarlo. Sí, ahí estaba la condenada. Prieta de piernas, prieta de senos. Deseable, sí, pero llena de principios. Lo peor de ciertas mujeres eran los principios. Oh, los principios.

–¿Tienes principios? –gritó.

De pronto, Ana tuvo la impresión de que el Pálido la estaba confundiendo con otra persona y empezó a marearse.

–Claro que tienes principios. De hecho toda tu persona se reduce a eso. Uno llega a ti y sólo se encuentra con principios. Todo lo demás prohibido. Prohibido deslizar la mano bajo las faldas, prohibidos los sofocos. Eso vendrá después del bodorrio. ¿No es verdad?

–No le entiendo.

El Pálido volvió a acercarse a la ventana y dijo sin mirarla:

–Te lo dije antes y lo repito ahora. Te pareces a mi novia. ¿A que es gracioso? Te pareces más de lo que yo creía. Piénsalo en la celda. Eso puede ser bueno o puede ser malo. Imagínate que empiezo a hacer contigo todo lo que no he podido hacer con ella. Porque ella, como tú, está llena de principios. Por eso ni siquiera tendré que cerrar los ojos para creer que estoy con Patricia. Quizá es que me gustan las mujeres con principios. ¿Tú qué crees?

Ana continuó sin responder.

–Te he hecho una pregunta –dijo el Pálido, acercándose–. ¿Tú qué crees?

–Yo creo que esto es una locura.

El Pálido sonrió sardónicamente y mirándola con ojos de iluminado farfulló:

–Es la respuesta que siempre espero. Finalmente has entrado en la rueda, y ahora vamos a empezar a rodar.

Ana, que llevaba un día sin comer y que se sentía cada vez más mareada, empezó a desplomarse. El Pálido se quedó mirándola desconcertado y no reaccionó hasta que ella no dio con sus huesos en el suelo.

–¡Vaya por Dios! –exclamó–. Hoy desfallecen como doncellas narcotizadas por mis palabras. Tendré que ser menos embriagador. ¿Mi verbo mata? Ana, ¿mi verbo mata? –gritó.

Ella, que acababa de recuperar la conciencia, no quería abrir los ojos. En ese momento, hubiera deseado achicarse más que una ameba y enquistarse en una esquina del mundo, esperando días mejores. El Pálido volvió a gritar:

–¿Mi verbo mata?

No lo sabes tú bien, pensó ella oculta en sus tinieblas, y enseguida notó que el Pálido le estaba vertiendo el agua del vaso sobre la cara.

–Mi verbo mata, Ana, pero también resucita, porque es claro como el agua clara –dijo, y volvió a quedar muy satisfecho de sus palabras.

El agua no la hizo reaccionar, en parte porque no le quedaban fuerzas para levantarse, pero su cabeza giraba a más velocidad que nunca. Desde el suelo, podía ver el techo, la bombilla, el rostro del funcionario, pero el mundo había perdido consistencia, a la vez que había acentuado su carácter fantasmal. Ahora dudaba de lo que estaba viendo, de la bombilla y los ojos azules y blanquecinos, pero también dudaba de su pasado y una vez más buscaba el desvanecimiento.

Julia

Se hallaba de pie, al fondo de un andén oscuro y desierto. Su padre aún estaba vivo y trabajaba en aquella estación en la que sólo había un reloj y no tenía agujas. Era el reloj de un tiempo muerto y todo en el andén parecía polvoriento: los bancos, las columnas de hierro, el techo de cristal, el suelo. De vez en cuando pasaban trenes sin control, a veces eran trenes ardiendo.

Su padre, que se hallaba junto a la vía, le decía:

–Ponte mi chaqueta, Julia, que va a hacer mucho frío.

Con esa frase en la cabeza se había despertado. Abrió los ojos y, durante unos instantes, no supo dónde estaba. Miró hacia la derecha. La puerta que veía parecía la de aquel apeadero sin tiempo, pero enseguida se dio cuenta de que era la del armario y de que se hallaba en su cuarto. Respiró con alivio y comprobó que sobre la butaca reposaba la chaqueta de ferroviario que su padre le había regalado antes de morir.

Julia saltó de la cama y se acercó a la ventana. La pequeña calle Galería de Robles se desplegaba entera ante sus ojos y al fondo se veían un carromato y una bicicleta. Los muros ennegrecidos, las farolas rotas, la paloma coja que derivaba por la acera la conducían, más que a su cuarto, a un mundo de precariedad que estimulaba poco la imaginación.

Desde el pasillo llegaban las voces de su hermana y sus sobrinas, que se hallaban de visita. Le extrañaba oír de pronto las voces tan lejos, y pensó que debía de ser un efecto del sueño que había tenido con su padre. Julia esperó a que las voces se alejasen todavía más para deslizarse hasta el cuarto de baño, donde se estuvo aseando antes de ponerse las bragas y el sujetador, cuya blancura contrastaba con su piel morena.

Luego se miró al espejo y esbozó una mueca burlona. Tenía la cara redonda y casi cobriza. La clase de cara que acaba siendo el marco perfecto para las sonrisas abiertas. Antes de la guerra, Julia había frecuentado el Círculo de Cuatro Caminos, a cuyo coro pertenecía, y durante la guerra había trabajado de enfermera y de cobradora de tranvía. También había participado en varios certámenes populares como esgrimista, y no se le daba mal el florete. Ahora se limitaba a coser en casa, siempre atenta a los vendavales que estaban recorriendo la ciudad.

Mientras se rociaba el cuello con agua de lavanda, Julia volvió a sentirse extraña ante el espejo, y se preguntó por qué. Poco después, llamaron a la puerta. Abrió su hermana Trinidad.

Dos hombres aparecieron ante ella. El más robusto de los dos llevaba un traje de invierno y sudaba. El otro, delgado y pálido, fumaba un cigarrillo muy aromático. El Pálido dijo:

–¿Está Julia?

Trinidad negó con la cabeza. Fue entonces cuando apareció Julia en el pasillo, con la chaqueta de su padre en la mano.

–Acompáñanos –dijo el Pálido, mirando a las hermanas con paciencia–. No te preocupes, en un par de días estarás en casa. Es sólo un trámite.

Media hora después, Julia ya se hallaba en la comisaría de la calle Segovia. Allí la tuvieron toda la noche incomunicada. A la mañana siguiente, la condujeron a un despacho donde la aguardaba un hombre de bigote fino y mirada resbaladiza, que la estuvo interrogando un buen rato y que al hablar emitía un silbido mareante.

Ese mismo día falleció una de sus hermanas y la dejaron salir.

Habituada a la penumbra de la celda, la luz del día la hería en los ojos cuando llegó a la Galería de Robles. Sus familiares la recibieron como a una resucitada, entre llantos y murmuraciones vagas que la sumergían en un universo sin consistencia. La casa estaba iluminada con velas y las sombras se agrandaban en los pasillos, haciéndole creer que había pasado de un purgatorio a otro, casi sin transición. Acostumbrada como estaba al rumor de la comisaría y a su interminable sucesión de ecos, oía las voces de sus familiares de otra manera, y a veces creía que eran las sombras del pasillo las que formulaban juicios terribles sobre la muerte y la vida mientras su hermana yacía en una caja ordinaria pintada con nogalina.

Julia besó a su hermana y luego salió al pasillo y se echó a llorar.

–Que no venga nadie al entierro... Sólo los familiares –exclamó.

Su hermana Trinidad, que estaba a su lado, le preguntó por qué.

–Me han dejado salir porque piensan que a través de mí pueden marcar a más gente...

Trinidad difundió enseguida la orden y ninguno de sus amigos acudió al cementerio.

Concluida la ceremonia, Julia regresó a comisaría, donde fue sometida a nuevos interrogatorios.

Entre sesión y sesión, solía pensar en su hermana muerta. Sólo cinco personas habían ido al entierro. Las suficientes para cargar con el ataúd. Mejor, pensó. Un muerto no necesita más compañía. Su amiga Blanca le hubiese dicho eso. A un entierro basta con que acuda un buen amigo, en representación de todos los buenos amigos que pudieron ser y no fueron. A veces basta con que asista un perro.

Virtudes

Acababa de regresar a Madrid y llevaba el desconcierto plasmado en la cara. El desconcierto del animal que huye de un incendio para encontrarse con otro peor y más intenso. No era una buena máscara, y lo sabía, pero también sabía que no era fácil arrancarse el estupor del rostro, un estupor que se había adherido a su piel desde su llegada a la capital.

Virtudes se resistía a creer que la guerra hubiese terminado e iba de un lado a otro, presa de la agitación, visitando a amigas y conocidas para esconderse en sus casas. Algunas ya habían sido detenidas y otras se hallaban en la misma situación que ella, cambiando a diario de refugio y sin que disminuyera en ningún momento la sensación de acoso.

Su vida empezaba a parecerse a esas pesadillas en que subimos por escaleras donde cada peldaño se va desmoronando según lo pisamos. Había entrado de repente en un mundo muy quebradizo y era tal su desamparo que cayó en la tentación de volver a casa de su madre.

La noche de su regreso encontró reunida a la mitad de su familia y creyó que volvían los viejos tiempos. Harta de tanta inquietud y de tanta fuga, decidió comportarse como si no ocurriese nada. Se dio un baño, luego peinó largamente sus cabellos negros y se puso su mejor vestido.

Estaban a punto de comenzar la cena cuando oyeron el rugido de un coche.

–Vienen a por mí –dijo ella.

–No lo soportaré... Como se lleven a otro más de la familia, me tiro por la ventana... –escupió la madre de Virtudes.

–Pues me van a llevar.

–Ocúltate en la azotea. Les diremos que no estás –susurró su madre.

Virtudes se deslizó hasta la azotea. Los policías llamaron a la puerta y su madre abrió.

–¿Está Virtudes? –preguntó el Pálido.

–No –dijo la mujer.

–¿En serio? –murmuró el policía mirando con distancia a la mujer–. ¿Y dónde la podemos encontrar?

–No lo sé.

El Pálido esbozó una sonrisa agria y observó la escalera que conducía a la azotea. Subió por ella y llegó a una terraza en la que había ropa tendida. La luna hacía de foco proyector y el cuerpo de la fugitiva se dibujaba con precisión tras una sábana. Era como ver la silueta de un teatro chinesco. Su larga cabellera, que le llegaba hasta las caderas, hacía más fantasmal su figura pero no más invisible.

Sabiéndose descubierta, Virtudes pensó en la posibilidad de arrojarse al vacío. Le bastaba con cerrar los ojos y dar un salto. La recibiría el adoquín con los brazos abiertos. El Pálido no hizo nada para mejorar su situación porque empezó a decir:

–¿Sabes que pareces una odalisca tras la cortina de un harén? Ya sólo hace falta que te pongas a bailar, aunque yo prefiero oírte cantar –musitó apartando la sábana y acercándose mucho a ella–. ¿Eres o no eres Virtudes? –clamó.

La muchacha asintió. Ojos negros, almendrados y brillantes como obsidianas recién pulidas. Ojos que obsesionaban. Nariz bien perfilada, casi tan bien como la boca, y una cara que formaba un óvalo alargado, y un cuerpo que parecía una espiga negra. Y el ardor en la cabeza y en las entrañas. Un ardor que cuando la poseía le hacía parecer una iluminada.

–Andando –susurró el Pálido–, que quiero ver si tu cara hace juego con tu espalda.

A la salida de la azotea les estaban aguardando dos hombres. Uno de ellos comentó:

–La vieja ha enloquecido.

Desde el rellano empezaron a llegar gritos. El Pálido miró a Virtudes de forma esquiva, mientras ella lo taladraba con sus ojos negros y desviaba luego la mirada como intuyendo que se hallaba ante un hombre complicado. Su madre se arrojó a ella y la abrazó.

–A mi hija no se la llevan –sentenció la mujer, y se agarró a la muchacha con tal fiereza que hubo que recurrir a la fuerza de los tres hombres y a sus armas para arrastrar a Virtudes hasta el rellano.

Ya la iban empujando por la escalera cuando su madre se apoyó en la baranda, miró hacia abajo y, al ver a Virtudes desaparecer en el vestíbulo, llamó malnacidos a los que se la llevaban y reventó en sollozos.

Como respuesta, el inspector disparó un tiro en el hueco de la escalera. El proyectil rompió un vidrio del techo del inmueble. Sus trozos fueron a estrellarse contra los adoquines del patio cuando ya el Pálido enfilaba el vestíbulo con la pistola en la mano.

Esa misma noche se la llevaron a la comisaría de Jorge Juan, donde se encontró con algunas de sus amigas y donde acabaron rapándole el pelo al descubrirla riéndose en la celda con Ana.

A las tres de la mañana el Pálido se encontraba en su habitación del Palace, consumiendo un cigarrillo tras otro y bebiendo brandy. No podía dejar de pensar en Ana. Ahora la quería allí, en la habitación, con medias de seda, un vestido muy prieto y zapatos de tacón, atreviéndose a ser su cómplice y asumiendo esas posturas que tan felices hacían a los hombres.

El Pálido volvió a apurar su copa y pensó que en buena

medida el régimen se estaba equivocando al no crear un órgano especial que se dedicase a formar un nuevo tipo de hetaira que sirviera para el descanso del guerrero, un tipo de hetaira en armonía con el hombre emocionante que ya estaba apareciendo en el horizonte, y sobre todo en Alemania. Consumido por la impaciencia, llamó a uno de sus ayudantes y le ordenó que le trajese a Ana a su habitación, vestida dignamente y dignamente narcotizada.

Cuando, una hora después abrió la puerta, le sorprendió el rostro que tenía delante, y le emocionaron sus ojos extraviados, que le daban a su cara una apariencia mucho más excitante. El Pálido ordenó a su ayudante que esperase en el pasillo y cerró la puerta. Ana le miraba como si hubiese perdido la conciencia y ya no le importase haberla perdido. El amital hacía esos milagros, y no era la primera vez que lo utilizaban.

El Pálido sonrió y Ana pareció responder a su sonrisa con una mueca indefinible que aceleró su respiración.

–Siéntate.

Ana se sentó en una butaca roja que se hallaba junto a la cama. El Pálido pensó que se movía como una autómata. La que parecía pura voluntad era ahora una muñeca dócil y algo estúpida.

En la atmósfera de la habitación, idéntica a la de los hoteles de antes de la guerra, sin bien más deteriorada, la presencia de Ana le permitía soñar. Era justo la figura que hacía falta para que la noche empezase a parecerle soportable.

Volvió a apurar la copa, se sentó frente a ella y con excitación creciente fue notando cómo el rostro de Patricia se iba apoderando del de Ana, hasta poseerlo enteramente. Y no dejaba de ser asombroso ver a Patricia convertida en una mujer de la noche que se había encontrado con un policía en Chicote y se había ido a un hotel con él, la muy...

Se acercó más y empezó a besar sus cabellos. Ella parecía consentir y se atrevió a acariciar sus piernas. Estaba a punto de llegar a sus bragas cuando Ana elevó con violencia la rodilla derecha y la estrelló contra su entrepierna.

El ayudante oyó un grito y llamó a la puerta. El Pálido le dijo que no se preocupara mientras miraba a Ana con odio. Iba a acosarla de nuevo cuando empezó a sonar el teléfono. Era Roux, que le necesitaba para un asunto urgente y quería saber por qué había sacado de la comisaría a una de las detenidas.

II
La casa del sol naciente

Elena

Dos días después, Roux se hallaba muy de mañana a la puerta de la comisaría, donde tres policías estaban conduciendo a Ana hacia el furgón que habría de llevarla a la cárcel. Roux se fijó en sus piernas intactas y de muy elegante caligrafía, y pensó que era un animal dominante, lleno de belleza y de tensión interior, y a él no le gustaba matar a animales que, por lo que fuera, le parecían nacidos para mandar; a ésos en todo caso prefería torturarlos y someterlos a una rehabilitación. Según Roux, toda civilización los necesitaba. Además, Ana le recordaba a una prima muerta de la que había estado medio enamorado.

El motor del furgón se puso en marcha. Ana giró la cabeza y sus ojos se toparon con los de Roux. Si las miradas matasen, pensó él, yo sé quién estaría ahora mismo muerto. La muy estúpida no sabe que le paré las manos al Pálido porque me parece una jaca muy afortunada, y seguro que tampoco lo sabe Avelina, pensó Roux encendiendo un cigarrillo.

Con voluntad, Roux dirigió la mirada a Ana y, antes de que el furgón se pusiese en marcha, le quiso decir con los ojos: «Te juro que te has salvado porque me pareces fuerte, pero no cantes victoria y oculta tu arrogancia. Te vas con la cabellera intacta porque yo respeto un poco la raza y protejo los buenos frutos de la tierra. Podías haberte encontrado con comisarios más duros que el Pálido y con peor gusto que yo, y ahora los mirarías con menos fiereza. Que lo pases bien en prisión, pantera».

Desde la ventana enrejada del furgón Ana volvía a ver las calles, tras quince días de reclusión en comisaría. No podía olvidarse de Roux, de su capa azul y sus dientes amarillos y sus ojos vidriosos y su olor a brandy y su voz, a ratos aflautada. Pero sobre todo no podía olvidarse del Pálido... Aunque lo peor había sido la noche en el hotel. Aún sentía extrañeza al recordar el momento en que le vino una ráfaga de conciencia y se vio sentada en aquella butaca de una habitación lujosa. Había elevado la pierna casi sin querer, y luego había vuelto a desmayarse, para despertarse al día siguiente en la celda de la comisaría.

Ya en el último tramo de la calle Alcalá, Ana pudo ver fugazmente la plaza de toros antes de que el vehículo girase hacia la derecha y se internase en una calle estrecha en la que se veían un descampado, una arboleda, varias casas y la cárcel. A la derecha, separado de la cárcel por un jardín abandonado y un muro gris, se hallaba el manicomio. Sus ventanas parecían más carcelarias que las de la prisión, y de la puerta principal surgía una procesión de locos dispuestos a iniciar su paseo matinal.

Ana se apartó ligeramente de la ventanilla del furgón y, al darse la vuelta, vio que uno de los guardias la estaba mirando fijamente.

Entonces cayó en la cuenta de que llevaba las piernas demasiado abiertas y las juntó de inmediato, mientras recordaba algo que le había dicho Virtudes al respecto. Con toda seguridad, el guardia había estado apuntando a sus bragas mientras ella bebía las calles con la mirada.

Ana bajó del furgón seguida de dos muchachas y se detuvo ante la cárcel. En cuanto la puerta se abrió, llegó a ellas el olor a hacinamiento.

Ya en el interior del portalón, dos funcionarias de la orden de las teresianas les quitaron las esposas y les ordenaron que se colocaran contra la pared.

María Anselma, la religiosa que presidía la ceremonia, observó inexpresivamente sus cuerpos mientras las dos funcionarias llevaban a cabo el cacheo. Le parecían mujeres a un tiempo frágiles y fuertes, y dos de ellas traían marcas en la espalda y en el vientre. María Anselma pensó que semejaban las tres desgracias, pero enseguida la imagen se le antojó demasiado pagana y pensó que parecían mártires, si bien de una religión equivocada.

Llegaron más mujeres y con ellas una muchacha que no podía tenerse en pie y que venía sentada en una silla.

La teresiana miró con cierta inquietud a la muchacha de la silla. Podía dar la impresión de que se estaba apiadando de ella, pero su mirada se endureció enseguida e hizo un gesto para indicar a las dos funcionarias que nadie podía entrar sentado en la cárcel y que la muchacha debía ser despojada de su silla.

Las funcionarias asintieron y con un solo movimiento frío y preciso dejaron a la chica de pie, inmóvil como una estatua, a más de un metro de la silla. La limpieza con que llevaron a cabo la operación evidenciaba que la habían repetido muchas veces.

Ana y otra mujer se ofrecieron para ayudar a la chica, que se apoyó en ellas cuando ya estaba a punto de perder el equilibrio.

Las funcionarias abrieron las puertas que conducían a las galerías y las asaltó un estruendo de humanidad agitada que tenía poco que ver con el silencio de las calles. Los ruidos llegaban en aludes intermitentes, confundidos con los olores a sudor, a orín y a tristeza.

Fue entonces cuando apareció ante ellas una mujer con una capa azul. Como supieron más tarde, se llamaba Zulema Fernán y había pedido ella misma trabajar en la cárcel.

Zulema miró a las recién llegadas primero con ojo clínico

y después con suficiencia, y las fue conduciendo hasta el juez por pasillos en los que ya no cabían más cuerpos.

–¿Cómo te llamas? –le dijo Ana a la muchacha que casi no podía andar.

–Elena.

–¿Eres de las Juventudes?

–No, pero tengo amigas que colaboraban con Socorro Rojo.

–¿Y por eso te han traído?

–Sí.

–¿Estás ciega?

–Casi. ¿Viene Luisa con nosotras? –preguntó Elena.

Luisa, que iba tras ellas y que parecía muda, tocó su mano y Elena pareció tranquilizarse. Pero enseguida dijo:

–¿Dónde estamos?

–En la cárcel –dijo Ana.

Muchas manos las tocaban, que a Elena le parecían las manos de la desolación. ¿Manos que manchaban e impregnaban con el polvo de la muerte? ¿Manos que desprendían ceniza? ¿Cómo iba a ser aquello la cárcel? Aquel túnel que no acababa nunca, y que cuanto más se estrechaba más cuerpos parecía contener, no podía ser la cárcel. ¿Querían volverla loca?

–¿Qué te ocurre? –le preguntó Ana.

–No quiero que me toquen. Están muertas.

–Te engañas... –dijo Ana con paciencia–. Están más vivas que nosotras.

–¿Qué quieres decir?

Zulema hizo sonar un silbato para que se dieran más prisa y continuaron avanzando entre ojos oscuros y ojos claros y ojos humillados y ojos sorprendidos y ojos tristes y ojos ausentes y ojos sanguinolentos y ojos llorosos y ojos que parecían muertos y que Elena no podía ver. En realidad veía las caras como manchas más o menos claras en un mundo de sombras.

Acababan de detenerse cuando Elena notó que habían llegado a una especie de sala donde olía de otra manera.

Desde una tarima hablaba una silueta negra y bastante oronda. Su tono resultaba más bien amenazador y las expulsó enseguida de allí. Una vez más, las recién llegadas se vieron rodeadas de presas que querían abrazarlas.

Elena intentaba soportar la cercanía de aquellas manos temblorosas que tenían la virtud de comunicar una sofocante sensación de intimidad, pero no podía.

Zulema hizo sonar una vez más su silbato y continuaron caminando por el mismo túnel que antes. ¿O era otro?

–Esto no puede ser la cárcel –insistió. Ya para entonces, Elena había perdido la noción del tiempo, y apenas recordaba lo que había ocurrido en el minuto anterior. Ahora aquel túnel era la eternidad. Había estado siempre en él–. ¿Hemos estado siempre aquí? –gritó.

Las que iban con ella ya no la miraron.

Siguiendo al furgón, Tino y Suso se acercan con sus maletas a la cárcel, donde siempre venden hilos y agujas a las mujeres que van a visitar a las presas.

–¿Escuchas el rumor?

–Sí.

–Da la impresión de que hubiese cien mil mujeres respirando juntas. ¿Nos acercamos al manicomio?

–De acuerdo.

–Juraría que aquel tipo que mira desde la ventana triangular es Damián.

–¿Damián?

–Sí, el hermano del novio de mi hermana, ese que mide uno noventa.

–Ah, sí.

–Trabajó en *La aldea maldita*, y lo habían contratado para otra película, pero se le fue la cabeza e intentó matar a su padre.

–Pues si es él, tiene una cara muy expresiva.

–Yo también lo creo. Su rostro parece tallado a navaja.

–Y sus ojos brillan como linternas.

–Ahí está otra vez Muma.

–¡No es posible!

Tino se gira y ve al perro, que avanza tras ellos con el ánimo resuelto y con cara de haber pasado una noche relativamente tranquila.

–No me explico de qué vive.

–Yo tampoco.

–He llegado a pensar que su inteligencia es muy superior de lo que imaginamos, y que tiene muy calculado lo que necesita para sobrevivir, y debe de ser muy poco.

Muma se detiene junto a ellos y mira hacia el ventano de Damián.

–Creo que lo conoce –dice Suso.

Enseguida ven a Damián hacer gestos con la mano izquierda. Muma brinca y empieza a ladrar.

Tino y Suso mueven también la mano, y Damián les responde, esbozando una sonrisa, mientras Muma celebra el encuentro acelerando las cabriolas y los ladridos.

Victoria

Tras una hora de indecisiones, Ana y Elena habían sido conducidas a una amplia sala llena de presas.

–¿Dónde estamos? –preguntó Elena–. ¿Hemos salido de la cárcel?

–No.

Elena miraba a su alrededor y veía muchas siluetas, algunas la rodeaban formando un círculo.

–Hola, Victoria –oyó decir a Ana.

Elena vio la silueta de una mujer que se abrazaba a la silueta de Ana. Parecía una mujer más bien menuda, de cabellera larga. Junto a ella, acertó a identificar otra silueta, de una mujer mucho más alta que Victoria y algo más alta que Ana.

–Pero, si está también aquí Martina. Dame un beso, pecosa.

Elena no podía distinguir las pecas de Martina, pero se le antojaba una mujer de piel más bien lechosa y de cuerpo desgarbado.

–¿Te gustan las guardianas? –oyó decir a Victoria–. Nos miran como si fuésemos comestibles, y eso que se alimentan mejor que nosotras.

–Estáis dibujando un panorama muy estimulante –oyó decir a Ana, que enseguida preguntó–: ¿Y nosotras por qué estamos en menores y Avelina no?

–Estar en menores es un asunto aleatorio –oyó decir a Martina la pecosa–. Ahora mismo hay unas diez mil presas, y la mayoría son jóvenes... Imagina las dimensiones del departamento si ahora juntasen a todas las menores que debe de haber en la cárcel...

–No consigo orientarme –susurró.

–Es normal al principio –dijo Victoria.

–Oigo sin oír, veo sin ver, juraría que hablo sin hablar... –comentó Ana. Sus amigas se echaron a reír.

Elena se hallaba cada vez más desconcertada y no acertaba a entender muy bien lo que decían sus compañeras. La voz silbante de una funcionaria exigiéndoles silencio la ayudó a situarse. De pronto aquella sala era más real, por sus límites, por su densidad, por su olor; pero al mismo tiempo era más fantasmal por su luz, por su atmósfera y por todos los ruidos que llegaban hasta allí. Gemidos, voces, zumbidos que venían de un lugar que parecía estar al mismo tiempo dentro y fuera de su cuerpo.

–Se me va la cabeza... –musitó.

Martina y Victoria se pegaron a ella y le dijeron:

–No te preocupes, Elena. Mañana verás las cosas de otra manera.

–Estoy segura de que no.

Ana miró con piedad a Elena, pero también a Martina y a Victoria. Las dos parecían tan ausentes como Elena, pero sobre todo Martina, que tendía a ocultarse tras sus sueños y sus pecas, y que con su mirada estaba diciendo que su reino no era de este mundo.

En realidad, y por lo que ya había percibido en comisaría, Victoria y Martina padecían la misma enfermedad y ambas dedicaban todo el tiempo que podían a construir sueños de una simpleza peligrosa que jamás les iba a servir como defensa. Pero esa tendencia al extravío adquiría en cada una formas diferentes. Y así, Victoria solía disimular su propensión al delirio abriendo mucho los ojos y haciendo que atendía a su interlocutor, cuando no atendía en absoluto, y Martina, recurriendo a una gran actividad, que a menudo se caracterizaba por no tener demasiado sentido, según le parecía a Ana, que las seguía mirando con la inquietud del que sabe que hay universos tejidos para que ningún sueño pueda servirnos de punto de fuga durante mucho tiempo.

Al atardecer les sirvieron la cena: una sopa incierta y con menos sustancia que las que daba en su casa el licenciado Cabra, y peladuras de patata. Con la llegada de la noche, una mujer menuda y bizca ordenó colocar los tableros contra la pared, y el suelo empezó a llenarse de colchonetas.

Tras un día lleno de sensaciones que le parecían ajenas, Ana no podía dormirse. Le retumbaba la cabeza, le dolían los oídos y se sentía sudada y sucia.

Mientras aguardaba el sueño, recordó la última vez que había visto a su novio. El adiós de los novios que han perdido una guerra es el más desolador. Ambos saben que tardarán en volver a verse y cabe la posibilidad de que no vuelvan a hacerlo. Hay un instante de miedo a todo y a nada, y una profunda sensación de orfandad que se intenta ocultar con juramentos, con promesas desmedidas, con besos a flor de hiel, con deseos de desaparecer en un mismo estremecimiento.

Finalmente se quedó dormida, pero Victoria, que se hallaba tendida junto a ella, continuó mirando el techo como si contemplase un cielo de piedra. Un cielo que recorría toda la tierra, que la cubría. Un cielo de granito, rodeando todo el planeta. Pero los cielos de piedra ni invitaban a soñar, ni invitaban a dormir, ni invitaban a vivir. Su mismo cerebro era un adoquín pesado. Pesado sí, pero no insensible... Un adoquín con memoria, que guardaba el recuerdo de los días y las noches que sucedieron a la detención, y que los revivía todas las madrugadas, como en una proyección siempre igual a sí misma y siempre diferente.

Estaba próximo el alba cuando consiguió conciliar el sueño arrullada por los sollozos de Martina, que temblaba a su derecha, pero la despertaron los sonidos de los disparos que llegaban desde el cementerio en la hora añil, y volvió a acordarse de su hermano muerto y de su hermano preso. Los disparos sonaban muy próximos y a la vez muy lejanos, y parecían surgir del otro lado del sueño. Ana y Martina seguían profundamente dormidas pero Victoria no conseguía volver al sueño. Le pasaba con frecuencia cuando, la despertaban de madrugada y el fantasma de su hermano regresaba como una sensación a un tiempo amada y odiada. Ahora veía a Juan muy cerca. Se detenía en los poros de su piel, en el aleteo de su nariz, en el temblor levísimo de sus labios. Pero cuando acercaba la mano a su cuerpo, se desvanecía en la niebla. Lo extraño era que en los últimos tiempos había empezado a soñar también con su hermano Goyo, que acababa de ser detenido. Soñaba con Goyo como si estuviese muerto, o como si fuese ya de la misma naturaleza ausente que Juan.

–¡Me quiero ir de aquí!
–¿Quién grita? –murmuró Victoria.
–La ciega –contestó Martina.
–¡Me quiero ir de aquí! –volvió a gritar Elena.
La funcionaria bizca se acercó a ella, caminando entre los petates, y escupió:
–¿Adónde quieres ir, mentecata?
En la penumbra que creaba en la sala el turbio amanecer, Elena distinguió una silueta pequeña y hostil, a la que atribuyó una mirada vacía.
–Quiero ir con mi amiga Luisa. ¿Dónde está Luisa? Llegó conmigo en el camión. Quiero ir con ella.
–¡Tu sitio es éste! –rugió la funcionaria.
Elena empezó a gemir como una desesperada mientras invocaba el nombre de su amiga. Ana se incorporó y se acercó a ellas.
–Deje que la conduzca yo hasta su amiga –le dijo a la funcionaria–. Sé dónde se quedó Luisa.
–De acuerdo –murmuró la bizca, alejándose de ellas.

Dionisia

A veces Avelina imaginaba que las mil rocas empezaban a encarnar los nombres que les habían puesto Benjamín y ella. Unas piedras hablaban, otras miraban, otras escuchaban, otras silbaban, otras temblaban... En el sueño, Avelina confundía aquel espacio con la cárcel. Bajo las sombras, las presas parecían las piedras del páramo, aunque mucho más juntas. De pronto, todas empezaron a moverse y dio un grito.

–¿Qué te pasa? –dijo una reclusa.

Avelina abrió los ojos y al no ver junto a ella a Benjamín cayó en la cuenta de que seguía en la cárcel. Sus pies rozaban las losas frías, y los ruidos que llegaban hasta ella no eran tañidos de campana, eran tiros de gracia y eran también los aullidos de los locos que llegaban desde el manicomio. Avelina no se explicaba cómo había conseguido convertir aquello en un sueño con olor a miel y a juncos. Qué profundidad adquirían desde la cárcel aquellas noches en el jardín de piedras, pensó. En sus recuerdos aparecían siempre bajo una luz irreal, que además de difuminar las rocas de la pradera llenaba todo el paraje de trasparencias desconcertantes. ¿Y la noche en la casa del inglés? Desde la cárcel, Avelina veía el agua, batiendo alas de plata vespertina, en una tarde que tenía rojos los ojos y los labios, y Benjamín le susurraba delicias al oído, y giraba en el gramófono un disco de Gardel, y se creían habitando el mismo escalofrío...

Como todas las mañanas, Avelina enrolló el petate e intentó prepararse para un nuevo día, que prometía ser tan agitado como los anteriores.

En parte por su sentido de la orientación, en parte por su fortaleza, y en parte por su voz vibrante y su silueta fácil de identificar, trabajaba de cartera desde su primera semana en prisión, y a todas les parecía que lo hacía bien. Avelina gozaba de una gran popularidad en toda la cárcel: era la estrella de la mañana, y es que a su labor de cartera se unía la de mensajera, y aunque lo tenía prohibido, trasmitía toda clase de recados y mensajes entre presas de distintas galerías.

Dentro del averno en el que vivían, y que Avelina había aprendido a soportar, había algo que la atormentaba especialmente. Sabía que su padre formaba parte de uno de los pelotones de fusilamiento y, cuando entregaba la carta de algún condenado, siempre pensaba en la posibilidad, no tan remota, de que fuese su padre el encargado de ejecutar al penado, que con frases desesperadas estaba diciendo adiós a su mujer, a su hermana o a su hija.

Avelina acababa de salir de la enfermería cuando se encontró con Dionisia y con Elena, que se había hecho daño en una pierna.

Avelina se colocó ante la puerta de la enfermería y les dijo:

–No paséis.

Elena creía ver algo mejor que cuando llegó a la cárcel. Ahora, por ejemplo, empezaba a ver muy ligeros matices en los rostros que se detenían ante ella. Seguían ante la puerta, de la que parecía emanar un halo de luz fantasmal, como si fuera un lugar más iluminado que el resto de la cárcel.

La luz se agradecía pero no el olor. Elena oyó que Dionisia decía:

–Cuesta creer que estemos tan locos.

–Cuesta. Pero no olvides una cosa: por muy absurdo que te parezca lo que ves, piensa que hay cosas más absurdas todavía, y más amargas, y más crueles, y más difíciles de digerir. Yo a veces prefiero no pensar... Por eso mi trabajo me parece una bendición. No paro en todo el día –oyó decir a Avelina.

–Ni yo –dijo Dionisia–. No paro ni siquiera por la noche. A veces me levanto a las tres de la mañana para acercarme al chorrito de agua de la fuente y lavarme, sin necesidad de tener que soportar las largas colas del día.

–Me acabas de dar una idea. Creo que voy a empezar a hacer lo mismo. Ahora entiendo por qué se te ve tan limpia todas las mañanas. ¿Te desvelas mucho? –preguntó Avelina.

–Continuamente, y siempre al final de alguna pesadilla.

–Yo también.

–Tengo sueños de una amplitud de horizontes que desconocía –dijo Dionisia–. Sueño con grandes escalinatas, que serpentean altísimas montañas. Otras veces me veo con mi novio en la cima de algún edificio, como en las películas de ese loco que anda siempre colgado de los relojes de los rascacielos. Tropezamos, conseguimos agarrarnos a las agujas del reloj, miramos hacia abajo y vemos un precipicio de vidrio y cemento. Casi no se divisa el suelo.

–¿Tu novio está detenido?

–Sí, y si supieras cómo recuerdo nuestro último encuentro. Estuvimos dentro de un coche viejo, en un garaje...

–Yo tuve más suerte... Estuve en una cama con dosel. Pero ahí llega Zulema y no trae buena cara. Hasta luego, crisantemo.

–Gracias por el piropo.

–No te ofendas, mujer, que hoy estoy muy fúnebre. La enfermería esta llena de niños muertos.

Avelina continuó con su reparto.

–¡Nieves Torres! –gritó.

Una muchacha de cara tan lunar como la de Julia alzó la mano para coger la carta. Tenía en la boca una sonrisa más ancha que Asia y sus ojos ardían de gozo cuando empezó a rasgar el sobre.

Avelina siguió adelante y, al llegar a la fuente, empezó a imaginar que sus pies se despegaban del suelo ante el asombro de las funcionarias que intentaban sujetarla.

Se elevaba más y más. Las presas dejaban de discutir por una gota de agua y le decían adiós desde el infierno. Ella se elevaba por encima del loco que miraba desde la ventana triangular, por encima del manicomio, por encima de la cárcel y por encima de todos los tejados de la ciudad, hasta que el grito lejano de las presas pidiéndole más cartas la hacía volver a la realidad.

–¿Te estás durmiendo de pie? –le dijo Amaranta, una reclusa que en más de una ocasión había querido quitarle el puesto.

–¿Decías algo, víbora?

Amaranta la miró con temor.

Avelina se acercó a ella y empezó a insultarla y a empujarla contra la pared.

–¿Conoces los pájaros vampiro? –gritó–. Son pequeños como jilgueros y se alimentan de la sangre que les chupan a los corvejones. Se agarran a sus nucas y allí pican y pican. ¡Tú eres como ellos, zorra! Te siento continuamente en mi nuca, pero no te va a servir de nada.

Sabía demasiado bien que no se podía despistar y que estaba obligada a defender fieramente su puesto. Por eso solía ser tan violenta con las advenedizas que pretendían sustituirla y que más de una vez habían tenido que escuchar de sus labios frases mortíferas, que dejaban muy clara su posición. Cuando quería disuadir, disuadía, y no tenía escrúpulos en desplegar la estrategia de la hiena, si con ello conseguía preservar su territorio.

–¿Y esas cajas tan pequeñas? –preguntó Tino.

–Son las de los niños. Las sacan siempre por la noche.

–¿Qué ha sido eso?

–Se les ha caído un ataúd –dijo Suso.

–¿Dónde?

–Al lado del camión.
–¿Y qué hay dentro?
–Un niño muerto... Perdón, dos. Deben de ser gemelos.
–Me voy corriendo.
–Y yo.

Luisa

Dionisia permaneció más de tres horas en el taller de costura bordando unas pequeñas alforjas y recordando los días en que aún se sentía libre. De los interrogatorios prefería no recordar nada, e iba dejando que las imágenes que procedían de ellos se pudrieran en los pantanos que se extienden por debajo de la conciencia, donde no hacían tanto daño. En la comisaría del Puente de Vallecas, un policía le había preguntado si era de naturaleza nerviosa. Ella le había dicho que no. El policía se había acercado mucho a ella para escupirle:

–Mientes. Eres de esas mujeres que siempre tienen que estar haciendo algo... ¿No es verdad? Lo dice en tu informe, redactado por Cardinal, pero, si no lo dijera, daría lo mismo: se te ve en la cara. Lo que me obliga a suponer que has debido conspirar más que las otras, bastante más.

El maldito Cardinal, pensó Dionisia. Aunque de todas formas Cardinal era sólo un caso más. Contaban que los consejos de guerra eran un hervidero de delaciones, y que se había formado una espiral que parecía fuera de control.

Dionisia se concentró en su bordado. Quería que sus alforjas pareciesen tan valiosas como una joya, y tan tentadoras. Le gustaba fabricar objetos delicados y laboriosos en medio de aquel enorme basurero y era la que más frecuentaba el taller de costura.

Presa de un nerviosismo que ya no la dejaba trabajar,

Dionisia salió del taller y se topó con Elena y Luisa, que se hallaban sentadas en una esquina de la escalera. Como siempre, Luisa permanecía muda e inmóvil. Es lo contrario a mí, pensó Dionisia. Conoce los placeres de la inmovilidad, y es la presa que menos se mueve; seguro que sus sueños son también estáticos, y no como los míos.   .

Por más que la mirara, Dionisia no acertaba a abarcar la enormidad de la decisión que había tomado Luisa desde que dejó atrás la comisaría. Luisa se negaba a pronunciar una sola palabra y en la cárcel todos la llamaban la Muda. Si se trataba de una cuestión de voluntad, pensaba Dionisia, estaba obligada a deducir que la Muda tenía una voluntad mucho más aplastante que las demás. Pero esa voluntad tan poderosa ¿no era justamente la locura?, pensó.

No menos inquietante le parecía la figura de Elena. Se la veía la más desamparada y a la vez la más íntimamente acompañada, y daba miedo mirarla porque, si bien sus palabras eran muy emotivas, su rostro carecía casi de expresión. Y Dionisia pensaba que un rostro sin expresión provocaba reticencia porque lejos de parecernos un rostro desnudo nos parecía un rostro emboscado.

Un rostro sin expresión nos provocaba extrañeza, a no ser que supiéramos ver una expresión más profunda tras la ausencia misma de expresión.

Dionisia tenía la impresión de que a Elena la habían arrojado a través de la noche. No la habían arrojado a la noche, la habían expelido a través de ella, a través de una oscuridad larga y desoladora. La habían atado a la noche profunda, que atravesaba y la atravesaba.

Mirando a Elena, Dionisia comprobaba que un rostro podía llegar a ser un pozo vacío. En muchos aspectos, el rostro podía perder la posibilidad de ser visto, de ser advertido como expresión diferencial, como vida identificable. El rostro se podía quedar sin cara, sin expresión, haciéndose casi invisible. ¿Qué podía indicarnos un rostro sin cara? Probablemente no nos indicaba nada, ni siquiera una degradación del alma. O probablemente indicaba la nada. Y no porque la viésemos. No era ése el problema. Simplemente la indicaba, y hasta la representaba, en un mundo donde, en principio, no estaba permitido carecer de expresión, no estaba permitido no tener cara, y el que la perdía entraba en el reino definitivo del olvido.

Y si perder la cara era un asunto grave, ¿qué podía ser perder la voz?, se preguntó Dionisia, y volvió a mirar a Luisa. Perder la voz, o negarla, o encerrarla en el más oscuro rincón de la memoria, como si se tratase del más horrendo fantasma de nosotros mismos, de la más clara impostura, la que nos hacía creer que teníamos vida propia, conciencia propia y hasta palabras propias, era un hecho que casi superaba su capacidad de comprensión.

Elena, que llevaba un rato viendo una silueta ante ella, susurró:

–Hola.

–Hola –respondió Dionisia, algo apurada.

Elena se dejó llevar por su olfato y dijo:

–¿Qué llevas en la mano?

–Unas alforjas.

–¿Las puedo tocar?

–Claro –dijo Dionisia depositando en sus manos las pequeñas alforjas.

–Muy bonitas. Tienen relieve... Yo no podría hacerlas.

La Muda escuchaba la conversación y sentía piedad. Una piedad distante, que asumía en silencio.

–Hoy he tenido pesadillas... –dijo Elena.

–¿Y qué has soñado?

–He soñado que me invadían toda clase de seres repugnantes... No podría describirlos...

La Muda tocó la mano de Elena, indicándole que se callara, y Elena obedeció. Dionisia, que había percibido el gesto, tenía la impresión de que Luisa protegía a su amiga con su quietud y su silencio, de los que parecía emanar la desconcertante autoridad que la Muda tenía sobre las otras presas de la escalera.

Dionisia llegó a su celda y sintió deseos de taparse la nariz. Pensó que llegaba la hora del odio. Odiaba casi todos los cuerpos que evolucionaban en las sombras de la celda, molestándose unos a otros, invadiéndose unos a otros. Pensaba que no se limpiaban lo suficiente, que no se respetaban lo suficiente, que no miraban lo suficiente lo que tenían a su alrededor. Y a fin de poder olvidarse de ellos, continuaba bordando hasta que los hilos blancos ya no se diferenciaban de los negros.

Blanca acababa de recibir la visita de su hijo y tocaba con más pasión que nunca el armónium de la capilla. Se sentía habitada por una música que no era suya, que era de su hijo, que procedía de su melancolía prematura como un susurro profundamente quebradizo, rompiéndose en cada nota y en cada nota consiguiendo que una íntima partícula sonora empalmara con la nota siguiente, igualmente quebradiza e igualmente capacitada para resurgir de sus propias cenizas.

El coro se estaba tomando un descanso cuando Avelina le trajo una nota clandestina de Enrique en la que le hablaba de dolor y de ausencias. ¿Has visto al niño?, le preguntaba.

La nota la llenó de alegría y volvió a sentirse felizmente enajenada mientras deslizaba los dedos por las teclas del armónium y acompañaba a las cuarenta voces, algunas profesionales, que conformaban «el coro catedralicio», como jocosamente llamaban al coro carcelario.

Una de las voces era la de Julia, que seguía llevando la chaqueta de ferroviario, y que parecía poseída por el duende de la risa.

Siempre que Blanca y Julia se veían en la capilla, recordaban la calle San Andrés, donde habían coincidido a menudo, y hablando conseguían trasladarse juntas al barrio de las Maravillas y juntas asistían al teatro y ya de madrugada se tomaban una horchata en la plaza 2 de Mayo bajo la luz palpitante de las farolas y las estrellas.

Y mientras hablaban, Julia se reía, aunque con más amargura que antes. Dos días atrás Avelina le había traído una carta de su madre en la que le advertía que su novio andaba con otra. En lugar de lamentarse, Julia le había contestado que no le importaba. Se consideraba todavía muy joven y le aseguraba a su progenitora que cuando saliera de la cárcel no le iban a faltar hombres. Aunque no podía negar que desde entonces sus recuerdos se habían enturbiado. Las tardes de verano, cuando iba a pasear con Emilio por Madrid, habían cambiado de color.

Desde la balaustrada que daba a los jardines de Oriente el atardecer podía estar lleno de esplendor y Julia recordaba la luz porosa, de una amabilidad exquisita, bajo cuyo amparo el cuerpo se sentía lleno de sí mismo y del aire que lo envolvía. Pero ya no era como antes. Aquel Emilio no era el que ella imaginaba: era un fantasma de su mente, y sólo un fantasma había estado con ella aquellas tardes benditas en los jardines de Oriente.

Julia estaba pensando que el tiempo era un traidor cuando llegó la directora del coro y se colocaron todas en torno al armónium.

Inmediatamente reanudaron los ensayos y una vez más se pusieron a entonar una canción de López Maldonado que decía:

> *¡Ay amor,*
> *perjuro, falso, traidor!*
> *¡Enemigo*
> *de todo lo que no es mal;*
> *desleal*
> *al que tiene ley contigo!*

Julia se reconocía tanto en la canción que no pudo evitar poner más pasión de la debida, anulando con su voz las de sus compañeras. La directora, que simulaba tener mucha paciencia, interrumpió el ensayo.

–Querida Julia –dijo–, yo sé que tu optimismo te obliga a

creer que dentro de ti hay una gran voz, que nadie ha descubierto todavía, ni siquiera tú misma... ¿Me equivoco?

Julia no respondió. La directora continuó diciendo:

–Eres la clase de persona que se puede convertir en la pesadilla de un coro. Así que, si quieres seguir con nosotras, modera tu emoción. Sigamos...

Reanudaron el ensayo. Ahora temía destacar y su voz dejó prácticamente de oírse.

La directora ya se había ido cuando llegó Avelina y le comunicó que habían detenido a Emilio.

–Me piden que te diga que se acuerda mucho de ti –añadió Avelina.

El rostro de Julia se iluminó. De pronto parecía una mujer radiante.

–Una presa de arriba, que se cruzó con él en comisaría, cuenta que se tuvo que comer tu fotografía para que no te relacionaran con él... –comentó Avelina, antes de irse.

Julia pensó que Emilio seguía siendo un amor y estalló en lágrimas de alegría.

Fue entonces cuando llegó a la capilla Virtudes con una botella de vino. Eran muchas, pero a todas les tocó algo.

Las risas iban en crescendo, y en crescendo las palmas y los vítores, cuando apareció Zulema. La funcionaria señaló la puerta que conducía a las galerías y dijo a voz en grito:

–¡Todas a sus celdas!

Ya se estaban dirigiendo a las galerías cuando Blanca y Julia se fijaron en la mujer que se hallaba sentada en cuclillas, en mitad de una escalera. Era la Muda y las miraba con expresión demasiado distante. Antes parecía simplemente triste, ahora parecía una iluminada.

–Se acabó la música –dijo Quique.

–¿Sabes que tu madre toca bastante bien? No sabía que era ella la del armónium, aunque debí imaginarlo –comentó Suso.

–Ahora se oye ruido de cubiertos. Debe de ser la hora de la cena –añadió Tino.

Dos horas antes, Quique se había encontrado con Suso y Tino a la salida de la cárcel, y se había quedado con ellos para oír tocar a su madre desde un rincón que conocían, en el flanco trasero de la penitenciaría.

Las ventanas de las celdas comenzaron a iluminarse, trasmitiendo una extraña sensación de intimidad.

–Me gustaría vivir en la cárcel –dijo Quique, cuando ya estaban a punto de marcharse.

–¿Estás seguro?

–Completamente –contestó, y empezó a canturrear–: *¡Ay amor, perjuro, falso, traidor!*

En el barrio reinaba el silencio y una luna que era apenas una raya empezaba a perfilarse más allá de los muros del manicomio y de las arboledas de la fuente del Berro.

Carmen

Virtudes cogió al vuelo la carta que le mostraba Avelina y pasó la mañana leyéndola una y otra vez. En la carta Vicente evocaba una tarde de finales de verano en que se habían quedado solos en el Círculo. Septiembre. En Madrid estaba lloviendo. Ocurría a menudo. Eran lluvias tan alegres y ligeras como las primaverales. Eran lluvias con humor. De pronto aparecían, daban un par de piruetas frescas, que dejaban a la ciudad sin polvo, y desaparecían como si más que un fenómeno atmosférico fuesen un número de prestidigitación.

Virtudes y Vicente se hallaban sentados en una esquina de la sala. Mientras escuchaban el repiqueteo de la lluvia en los cristales, él empezó a deslizar la mano bajo su falda.

Virtudes prefirió no seguir con ese recuerdo. Le dolía tanta privación. Y lo peor era cuando la piel se separaba de la conciencia y recordaba por su cuenta. Entonces toda ella se convertía en memoria de sí misma y los recuerdos se iban desplegando como esporas desde la cabeza a los pies.

Al no poder nutrirse de futuro, la piel se nutría de pasado y celebraba unas bodas tan íntimas con la memoria que lo vivido volvía a ella con un poder de convicción que aturdía. No era solamente evocar lo pasado, era volverlo a vivir en toda su materia y con los sentidos más despiertos que cuando habían ocurrido los hechos. Era como repetir la experiencia mejorándola. De esa forma recordar se convertía en una réplica a flor de piel de la vida, que se ofrecía al recuerdo como un ámbito más rico en matices de lo que habíamos creído, y por lo tanto más deseable de lo que habíamos imaginado. Situación que la conducía siempre a formular más de una promesa. Virtudes se prometía aprovechar mucho más cada instante y se hacía el firme propósito de explorar con más ardor, y con los cinco sentidos, el misterio de la vida.

Virtudes se incorporó, salió al pasillo y se dirigió a su celda. Mientras se alejaba, Zulema la miró con ojos que tan pronto parecían de deseo como de misericordia. Dos piernas amables en su dureza de caolín. Dos piernas que aún no avanzan hacia el cadalso. Su pelo apenas tiene dos centímetros de largo, pero ya cubre de negro su cráneo bien perfilado, como el de una egipcia, pensó Zulema recordando un poema que había escrito recientemente y con el que había combatido uno de sus frecuentes y ardientes insomnios.

Avelina cortó con sus pasos el grupo de mujeres que cantaba a la entrada de la galería. Al otro lado del círculo aguardaba una mujer a la que entregó un pequeño paquete.

La mujer, ligeramente rubia y de ojos apacibles, deshizo con tranquilidad el paquete, ante la mirada atenta de Avelina. En el interior de la cajita de cartón había un frasco de cristal.

En ese momento, avanzó desde la escalera Elena, y se quedó investigando sus siluetas.

–Con esto no tengo ni para una semana... –oyó decir a Carmen.

–Debe de haber escasez.

–La hay. Me lo ha dicho mi madre.

–Podría robarle un frasco a la directora. Utiliza el mismo fármaco que tú.

–Ni lo intentes. Aún no estoy tan desesperada...

–Bueno, Carmen, te dejo. Tengo que seguir...

Carmen asintió con una sonrisa y continuó en la celda, sabiéndose brumosamente observada por Elena.

Antes de que se acercaran ella y la Mulata, Carmen había estado recordando la época anterior a la guerra... La noche tenía entonces otras dimensiones, que variaban según el estado de su cabeza. Podía hacerse muy larga o muy corta, podía ser muy tranquila o estar llena de desgracias inesperadas... También había estado recordando la madrugada en que fueron a buscarla a casa de una amiga del barrio. Primero se llevaron sólo a su amiga. Una hora después, volvió su amiga con tres policías y entonces se la llevaron a ella, que a diferencia de su amiga parecía puro sosiego.

Los que tienen el corazón quebradizo aprenden a sosegarse. No se puede sucumbir continuamente a la ansiedad con un corazón de cristal que se haría añicos con un grito inesperado. Los que tienen el corazón frágil aprenden a esperar de otra manera, sabiendo que la muerte interpreta siempre una partitura diferente a la que creemos, que está sin embargo contenida íntegramente en la cavidad de nuestro corazón como las notas de *Para Elisa* pueden estar contenidas en la mecánica de una pequeña caja de música. Un día la melodía cesa, la caja se cierra. Adiós, fatigado corazón...

A los doce años, Carmen había estado a punto de conocer la peor de las experiencias cuando, tras dejar el colegio, se puso a coser para mantener a su familia: nueve hermanos y su madre viuda. Era una niña esclavizada, y se le resintió el corazón. Creyeron que se moría, pero todo se quedó en un susto. Desde entonces se medicaba y desde entonces tenía más conciencia de la muerte y más conciencia de la vida. El hecho de tener que estar más pendiente que los demás del ritmo de su corazón había desarrollado en ella un sexto sentido, capacitándola para percibir de otra manera el sonido. Y a veces se sorprendía escuchando la extraña música del mundo, también en la cárcel. Una melodía que parecía deslizarse por debajo del dolor, que estaba constituida de dolor pero también de algo más. Carmen conocía todos los ritmos de la cárcel. Los gritos, los gemidos, las conversaciones, los zumbidos, el ruido de las cañerías, de las cacerolas, de las llaves en las cerraduras, de los mosquitos y de las moscas que danzaban sobre los muertos. Y a veces sentía que le gustaba aquella sinfonía de todos los infiernos, aquel estruendoso rumor de colmena superpoblada, pues acababa siendo una música tranquilizadora que le indicaba que también lo excepcional podía convertirse en normalidad para que siguiera girando la esfera del mundo.

Elena, que seguía ante ella, le preguntó:

—¿En qué piensas?

—En la música de la locura. ¿No la oyes?

—Sí.

—Es una música extraña... Parece deslizarse por debajo del latido del corazón, y por encima.

—Es verdad.

—Se parece a un zumbido...

—A muchos zumbidos...

—Es como una respiración muy larga, como una respiración sofocante.

—Pero que por la noche te adormece.

—Exactamente.

Mientras Carmen hablaba, y lo hacía pocas veces, Elena seguía pendiente de su silueta, maravillada de que sus maneras de apreciar la atmósfera de la cárcel, su mundo sonoro, fueran tan parecidas. Mientras Carmen susurraba, en su cabeza se iba reproduciendo todo lo que ella decía con una claridad meridiana que le hacía mucho más soportable el día. Con Carmen la casa de la niebla se convertía en la casa llameante.

—Un policía que me interrogó decía que la locura era una atmósfera, y que habíamos entrado en ella.

—¿Te interrogó el Pálido?

—Dos veces.

—A mí me dijo lo mismo, y no le faltaba razón a ese malnacido. ¿Qué te parece la cárcel?

Elena cogió aire y empezó a decir:

—Al principio lo veía todo como los dibujos de la *Divina Comedia*, pero más borroso. La impresión que tenía era la de haberme extraviado en el valle de las almas perdidas. Un valle subterráneo, envuelto en brumas fosforescentes, donde lo visible se confundía con lo invisible, formando un mismo magma... Otras veces me parecía que nos hallábamos en una casa muy alejada en el espacio y el tiempo. Una casa remota en una atalaya remota, sobre la que se abatía un mar muerto y gris. Y nadie sabía qué hacíamos allí, en aquella región junto al mar que parecía la región de la soledad... Daba la impresión de que el mundo se había olvidado de nosotras.

–Hay formas más prosaicas de verlo.

–No quería hacer poesía. Hablo de impresiones que me venían a la mente, hablo de pesadillas.

–¿Y ahora?

–Ahora mi mirada es otra. Más que desplazarme por un mundo de sombras, siento que me desplazo por un mundo de pasillos, de luces fulminantes y de gritos. Hace días, llegué a creer que en realidad este laberinto no tiene fin, y que podrías pasar la vida entera recorriendo los pasillos sin hallar jamás su término.

Carmen meneó con inquietud la cabeza. Enseguida oyó un silbato y se dio la vuelta. Era Zulema.

–¿Has visto a Pilar? –preguntó.

Carmen negó con la cabeza.

–¿Por qué no está en su celda?

–No sé de qué me habla.

–Lo sabes.

–Usted delira.

Zulema la empujó hacia el interior de la celda y murmuró:

–Lo siento por tu corazón. ¿Yo deliro? No, infeliz, no. Soy la única en este lodazal que no delira, la única que mira lo que tiene delante, la única que sabe, la única que arde y la única que está plenamente en la realidad. ¿Y tú? –dijo mirando a Elena–. ¿Qué haces aquí? Vuelve inmediatamente a la escalera.

Mientras Elena se alejaba, Carmen reculó y acertó a sentarse sobre un catre. A su derecha descubrió a Eulalia y se hundió más en la tristeza. Eulalia, que parecía haber sido sorprendida en algún asunto íntimo, era algo retrasada mental y la imitaba continuamente, de forma que también ella había empezado a quejarse del corazón.

Ver su caricatura en aquella mujer de carnes flácidas y mirada bobina la sacaba de quicio y en más de una ocasión había soñado que la estrangulaba.

Ahora, por ejemplo, Eulalia la estaba imitando. Se recostaba como ella, miraba al techo, manipulaba con su mano derecha un frasco, bostezaba, se incorporaba, ponía cara de espanto.

Pilar, que había pasado el día fuera de su celda, estaba enseñando a leer a dos reclusas de la escalera cuando llegó Zulema hecha una furia y la arrojó de allí a empujones mientras le escupía al oído:

–¿Qué estabas haciendo con esas chiquillas?

–¿Usted qué cree?

–¡Contesta! –rugió Zulema fuera de sí.

Pilar puso cara de seriedad y musitó:

–Las estaba pervirtiendo.

Zulema le dio en empujón. Pilar estalló en carcajadas. A esa hora, anterior a la cena, la cárcel era un hervidero de frases beligerantes, un río circular que ardía en su centro, y donde todos los improperios hallaban cabida. Bastaba con prestar un poco de atención para sentirse flotando en un infierno verbal.

Estaba a punto de llegar la medianoche y supo que había llegado la hora. Salió de su galería, pasó ante la celda de Carmen, que la miró de soslayo como si le estuviese reprochando algo, y dejó atrás la escalera donde se apretujaban Elena y Luisa. Con el sigilo de una culebra, se fue deslizando hasta un corredor muy exiguo que conducía a la lavandería.

Cruzó el pasillo casi corriendo y abrió la puerta. Enseguida vio que ella la estaba esperando, inmóvil entre las sombras.

La recién llegada se aproximó y empezó a acercar los labios. El primer beso, sabiamente demorado, llegando lento a los labios, apresándolos de un solo movimiento y buscando más tarde la caricia ansiosa de la lengua, les resultaba algo parecido a recobrar el aliento tras haber estado un largo tiempo bajo el agua. Daba la impresión de que ninguna de las dos quería que le quitasen lo bailado y cada vez ponían más ganas para que el baile se grabase bien en sus memorias y se convirtiese en una dicha para siempre.

Al beso inicial, largo y zalamero, le sucedieron otros, que o bien buscaban las orejas y la nuca, o bien el cuello y los pechos. Luego volvió la ceremonia de las bocas juntas, de las bocas hondas.

–No podemos dejarnos marcas.

–Lo sé.

Una empujó a la otra y las dos cayeron sobre un montón de sábanas limpias. Era como sentirse de pronto en una nube blanca. Allí se desnudaron y se camuflaron bajo las sábanas, haciendo con ellas una especie de cueva, que luego disimularon con más sábanas encima.

Para las dos fue como meterse en el horno del amor y se hizo más grande la región del deseo, de forma que se ofrecieron lugares que antes se negaban, para volver finalmente a la ronda de besos en el cuello, en los labios, en los ojos. Ardían como pensamientos recién nacidos y se sentían sin peso.

–¿Y si llega alguien?

–No nos descubrirán tan fácilmente –dijo la más morena.

La luz que llegaba del patio cesó y se hizo la oscuridad completa bajo las sábanas. De pronto, era como si descendiesen hacia el pasado, veloces como aerolitos, y les llegaban imágenes de cuando aún no se conocían o de cuando se estaban conociendo.

Había que volver a orientarse, había que atravesar una extraña membrana, y sólo podía hacerse con las manos, con los dedos, con los labios.

A veces la piel no tenía otra manera de recobrarse. Por

eso agradecieron aquella oscuridad que les exigía volver a empezar, aunque ya no desde la ignorancia, pues ahora se trataba de empezar desde un conocimiento que no por ser reciente dejaba de ser definitivo. Por un instante, desaparecieron las sábanas, las paredes y las calles. Se hallaban en el centro de una oscuridad larga como la del desierto. Y estaban solas en una noche en la que todas las especies se habían ido lejos, inmensamente lejos, para hacinarse en las selvas que rodeaban el arenal, rojo de ausencia y rojo de deseo, bajo una noche en la que ya no cabían más estrellas.

–Nos la estamos jugando.

–Empieza a darme lo mismo. Es lo que nos vamos a llevar a la tumba.

La arena su fue convirtiendo en agua. De pronto se sentían en un mundo líquido, pero no en su superficie, se sentían en las profundidades calmas, donde el deseo tenía la densidad de la materia que tocaban y donde el cuerpo concentraba sus límites a la vez que los extraviaba.

El hambre en la que vivían, en la que estaban viviendo, disparaba su imaginación, llenando de extrañeza los besos, pues eran besos que había que robar a las sombras, arrancárselos con todas las fuerzas; pero también eran besos que había que robar a la luz, a la luz de la linterna de Zulema, que hubiese considerado un triunfo clamoroso sorprenderlas tan confabuladas, y a la luz de la mirada de casi todas sus compañeras, a las que aquella ceremonia del sofoco compartido les hubiese parecido reprobable. Pero en sus susurros, las dos reconocían que el hecho de que estuvieran mordiendo frutas muy ácidas y muy sustantivas, daba a cada abrazo furtivo un valor añadido, que adensaba su contenido en la oscuridad.

Cada vez más proyectadas la una hacia la otra, no se despegaron hasta que no las dobló el cansancio y los tiros de gracia que llegaban desde el cementerio.

Todavía llenas de sofoco, se vistieron a oscuras y huyeron hacia sus celdas con la sensación de haberle prendido fuego al cielo.

Martina

Ana, Martina y Victoria, que tras el recuento habían conseguido deslizarse hasta el patio, vieron acercarse a Zulema y regresaron al departamento de menores, desde donde pasaron a la azotea. Ya se hallaban en ella cuando una de las reclusas encendió un cigarrillo, inhaló el humo con desesperación y enseguida empezó a toser. Se lo pasó a Martina, que dio una calada honda antes de pasárselo a Victoria.

Martina retuvo el humo en sus pulmones y cerró los ojos. El sabor del tabaco la transportó a los días anteriores a la guerra, cuando fumaba clandestinamente en su cuarto mientras se entregaba a ensoñaciones en las que, ya entonces, empezó a aparecer un hombre del que no se atrevía a hablar a nadie.

–Pecosa, tienes carta –dijo Avelina, que acababa de llegar a la terraza.

Por un instante, Martina llegó a creer que le traían una carta de su hombre. Algo del todo imposible, pero que no le impidió sentir una cierta decepción al comprobar que se trataba de una precipitada misiva de su madre en la que le decía que acababa de enviarle un paquete con comida.

Martina cerró los ojos con rabia y se consideró a sí misma la mujer menos afortunada en amores de la tierra. Ya durante la guerra, en los bailes y lugares de reunión de la muchachada, Martina había comprobado que los hombres que la fascinaban, los que le permitían soñar y se convertían en la pantalla donde ella podía proyectar sus deseos más delirantes, iban siempre con muchachas más bien pequeñas, de mirada endiablada y cara de pocas bromas.

Pero Martina era alta, demasiado alta, y de una palidez que desconcertaba. Otra diferencia que la separaba de las demás: tenía todo el cuerpo lleno de pecas, y especialmente el cuello y la cara. Con una fisonomía como la que le había tocado en suerte, su desdicha sentimental estaba casi asegurada, y sólo bastaba con que pusiera algo de su parte para convertirse en una extranjera para los demás y de paso también para sí misma.

La noche en que la detuvieron estaba vistiéndose para ir al cine con una de sus amigas y mientras lo hacía pensaba en el hombre que se había ido configurando en su mente con el paso del tiempo y los desconsuelos, y con el que había empezado a mantener una relación que no por fantasmagórica resultaba menos emocionante. Podía encontrarse con él en cualquier parte. Cuando aún estaba libre se lo encontraba en la calle, y ahora se podía topar con él cuando iba cruzando una galería y, de pronto, desaparecían las paredes, los muros, las alambradas, y sólo lo veía a él, envuelto en una luz tétrica. Porque su hombre no aparecía de cualquier manera. Aparecía como en los fotogramas de una película quemada. La imagen movía la boca y decía algo en una lengua que semejaba español pronunciado al revés.

Su hombre no tenía nombre y parecía un ruso. Era el ruso sin nombre. Largo como un abedul, de rostro anguloso y mirada firme y a la vez tierna y a la vez viril y a la vez frágil y a la vez... Llegó a creer que su hombre existía realmente, hasta que, pasado un tiempo empezó a notar que el ruso ya no acudía a sus sueños, y pensó que había muerto. Entonces Martina se partió en dos. Una de sus mitades se quedaba en la cárcel y la otra sobrevolaba amplias regiones del mundo en busca del que había huido de su sueño. Sobrevolaba la estepa rusa en unos segundos. Allí no estaba su hombre. Sobrevolaba Europa. Allí tampoco. Sobrevolaba Madrid. ¿Cómo iba a estar en Madrid su hombre? Sobrevolaba la sierra.

Por fin lo veía junto a un río. Oh, Dios mío. Su hombre junto a un río caudaloso. Veía sus ojos tristes. El hombre miraba el río con pesadumbre. Daba la impresión de que quería suicidarse. El hombre estaba pensando en ella. Martina podía entrar en la mente de su hombre, podía leer sus pensamientos. Y él está pensando en mí, se dijo a sí misma. No me conoce y sin embargo me lleva tatuada en su cerebro.

–¿Con quién hablas? –le preguntó Ana.

Martina se sobresaltó.

–Con nadie.

–¿Seguro?

–Estaba soñando despierta –reconoció.

Ana la miró con preocupación y dijo:

–¿Quién te lleva tatuada en su cerebro?

Martina sonrió con tristeza y contestó:

–Alguien que se ha perdido por no encontrarme...

–Y tú te has perdido por no encontrarlo a él...

–Así es.

–¿Hablas en serio?

–Naturalmente –dijo Martina, y miró a Ana con desdén–. Tiene que haber alguna verdad en nuestros sueños, alguna realidad. No pueden ser sólo deseo. A veces son demasiado precisos, demasiado reales. ¿Por qué? ¿Para qué? Cuando son muy reales traspasan su propia frontera, yo lo sé. Entonces dejan de ser simples sueños, y se convierten...

–¿En qué?

–En una luz obsesiva, en una luz envolvente, que quiere iluminar más de lo que podemos ver. Tú no puedes conocer los límites del sueño, de cualquier sueño. Para conocer los verdaderos límites de un sueño habría que tener la cabeza inmensamente despierta, casi tan despierta como Dios. Quizá ese hombre del que te hablo se cruzó conmigo alguna vez en Madrid, en plena guerra... Quizá pertenecía a las Brigadas Internacionales... Quizá estuvimos a punto de encontrarnos, quizá hasta nos vimos, en un abrir y cerrar de ojos, en la parada del tranvía... Y ahora estamos condenados a soñarnos por no haber sabido reconocernos. ¿No te parece una tragedia? Ni siquiera estoy segura de haberlo visto y sin embargo podría escribir una novela sobre su vida.

Ana la miró asintiendo. Más de una vez había pensado que las mujeres amaban sobre todo lo que no conocían, y ahora creía que Martina encarnaba mejor que nadie esa actitud.

—¿No contestas? —dijo Martina, con una obstinación que a Ana no le gustaba.

—¿A qué?

—Te pregunté si lo mío te parece una tragedia.

Ana no se pudo contener.

—Tu sueño es el sueño de una escolar. Aunque no te lo reprocho, sigue con él si eso te alivia, pero no pierdas el sentido de la realidad. Aquí es peligroso.

—¡Apestas! —rugió Martina, mirándola con odio.

—Gracias. Yo sólo tengo una virtud —le dijo Ana—, cuando lo creo necesario disparo directo al corazón.

—No me has dado en el corazón, me has dado en la cabeza.

—Lo siento. Empiezo a estar más ciega que Elena.

En ese momento se acercó Zulema con aire amenazante y les preguntó de qué hablaban.

Ana contestó:

—De hombres.

—Lo suponía. Lleváis la obscenidad grabada en la cara.

Las dos amigas se echaron a reír. Zulema le dio un tortazo a Ana y le preguntó:

—¿Qué hacíais fuera del departamento?

No respondieron. Zulema las miró a las dos con frialdad estética, como si mirase dos obras de arte venidas a menos, dos miserables obras de arte. Pero enseguida notó un calor interno que le inundó el cerebro y se enrojecieron sus mejillas. Siempre le pasaba lo mismo cuando estaba ante Ana.

—Este mes os vais a quedar sin los paquetes de vuestras familias —dijo antes de alejarse.

Zulema entró en su despacho, cerró la puerta y se derrumbó sobre la cama turca. Ah, cómo lamentaba la estrechez de miras de casi todas las reclusas... Zulema pensaba que muchas de ellas llevaban cinturones de castidad más inexpugnables que los de las mujeres de la Edad Media, que se quedaban en los castillos esperando indefinidamente a su caballero. En muchos aspectos, todas aquellas reclusas que se le negaban o que rechazaban acercarse carnalmente a sus compañeras hacían lo mismo con sus míticos novios: algunos presos, otros muertos, otros en el extranjero. Se guardaban para ellos, se preservaban para hombres fantasmales que probablemente no volverían a ver y, aun sabiendo que podían ser condenadas a muerte, rechazaban entregarse a placeres que hubiesen aliviado mucho su sufrimiento. ¿Ignoraban que justamente por eso la cárcel era un infierno de privación?, se preguntaba con irritación Zulema. Ah, qué insensatas, pensó recordando su poema preferido, por sólo una mirada levantaría los velos del placer más oscuro y las conduciría a una espelunca llena de ecos, donde gozarían de un frescor más agradable que el de las celdas y las tumbas.

Ya de madrugada, Victoria soñó que su hermano Juan le decía:

–¡Pero si ya has cumplido los dieciocho años y no he podido hacerte ningún regalo...! Es el problema de estar muerto.

Fue gracias al sueño como Victoria cayó en la cuenta de que había cumplido años mientras estaba detenida y así se lo hizo saber a Ana.

–¿Habéis oído? ¡Victoria ya tiene dieciocho años! ¿Y no lo vamos a celebrar?

Virtudes, que había vuelto a infiltrarse en el departamento de menores, exclamó:

–Claro que lo vamos a celebrar, y por todo lo alto.

Para Ana y Virtudes fue como volver a colaborar en Socorro Rojo, y pasaron el día intentando conseguir comida y cigarrillos para la fiesta de Victoria.

Hacia las cinco de la tarde la gobernanta salió del departamento y las dejaron solas con dos guardianas. Entonces se pusieron sus mejores vestidos y le entregaron a Victoria los regalos: pequeños paquetes en los que se ocultaban una sortija, un peine, un caramelo, un lapicero, una peineta, un juego de horquillas... Ante tanta abundancia, Victoria reventó en sollozos. Y mientras ella lloraba, Ana repartía la comida y Virtudes servía agua en vasos y latas.

Comieron, brindaron, bebieron y, mientras tomaban un poco de achicoria fría que hacía las veces del café, se pusieron a charlar con mucha animación, como si acabasen de tomar un par de copas de vino.

Martina y Victoria, que se hallaban algo apartadas del grupo, estuvieron hablando de sus amores.

–Hay un hombre que me quiere –susurró Martina–. Se lo he contado a Ana, pero no me entiende...

–¿Por qué?

–Porque mi hombre es un sueño... Sí, un sueño, pero al mismo tiempo es una realidad más rotunda que yo misma...

–¿Y cómo es?

Martina hizo un gesto muy expresivo con el que quería indicar la naturaleza única y prácticamente indefinible de su sueño.

–Es muy guapo, aunque en los últimos tiempos lo noto muy demacrado y cada vez más lejos...

–¿Dónde lo conociste?

–Ése es el problema. ¡No nos conocemos! Seguramente nos hemos visto alguna vez, pero sin darnos cuenta... Y yo sé que me busca, y también sé que nunca me va a encontrar...

–A mí me pasa algo parecido –dijo Victoria.

–¿De verdad?

Victoria asintió antes de decir:

–Creo que estoy enamorada de mi hermano.

–¿De Goyo?

–No, del muerto. Sólo él se acordó de mi cumpleaños.

Mientras sus amigas hablaban, Ana permanecía ligeramente apartada, mirándolas con lástima. Estaban las dos perdidas. Victoria en el mundo de los muertos vivos, Martina en el mundo de los vivos muertos, pensaba Ana. Estaban las dos en un cielo demasiado quebradizo. Estaban las dos danzando sobre un sedal finísimo y debajo no había nada, ni siquiera estaba el suelo. Estaban las dos ardiendo, pero con un fuego sin luz, aunque lleno de deseo. Estaban las dos partidas. Y yo, ¿no lo estoy?, se preguntó. Quizá todo lo que le estaba pasando era el efecto de una única causa: su ceguera. Y ahora creía que la ceguera se detectaba sobre todo en los momentos límite.

Pensar en sí misma la hacía sentirse extraña, como si pensase en otra, y lamentaba lo poco que había saboreado la vida, lo poco que había amado y lo poco que se había dejado amar.

Si salgo viva de aquí, seré otra muy distinta, se decía a sí misma. Lo había jurado por su vida y no era una mujer a la que le gustase jurar en vano.

Victoria y Martina seguían haciendo la apología de la nada cuando Joaquina, que tenía una idea más real del deseo, se acercó a ellas y murmuró:

–He oído vuestra conversación y me dais lástima.

Victoria y Martina se arrojaron a ella como dos furias y comenzaron a arañarla y a insultarla. Era como si Joaquina hubiese profanado un mundo en el que ellas fundamentaban parte de su naturaleza más íntima y del que quizá se avergonzaban.

Hubo que separarlas y rebajar la temperatura. No mucho después empezaron a cantar y, cuando ya la euforia se había apoderado de todas, se colocaron en fila, se cogieron de la cintura y se fueron por toda la cárcel formando un pasacalles.

La fiesta estaba llegando a su apogeo cuando las dos que ya habían coincidido en la lavandería se fugaron de la algarabía y volvieron a coincidir en las duchas. Mientras escuchaban a lo lejos las canciones, estallaban en carcajadas rabiosas y luego empezaban a besarse.

Cuando una hora después abandonaron las duchas, parecían trasfiguradas, aunque no más que las otras. Todas las que habían entrado en abril y mayo, y que ya habían pasado la fase del aturdimiento, estaban experimentando un sentimiento de elevación que no esperaban. Desaparecía el dolor, pero no la visión del mal ni la conciencia de su gravedad. Simplemente se veían lejos y en perspectiva. La mente ya tenía una atalaya para mirar el horror y asimilarlo a distancia. Y en esa atalaya cabía la risa, el concierto, las amistades más profundas, las enemistades más hondas...

Esa misma noche, Martina pudo al fin abrazar a su ruso. Sus brazos no eran tan compactos como ella había creído, pero ¿por qué extrañarse? Eran brazos frágiles. No podían ser los brazos de un hombre de acción. Él ya no era un hombre de acción. Era un melancólico... Y sus cabellos... tampoco eran como ella los había imaginado, eran condenadamente largos. Parecían los de un hombre de otro tiempo.

¿Y por qué ahora estaba a su lado, dejándose acariciar, mostrándose finalmente como una naturaleza palpable? Martina no se lo explicaba. Y mientras ella estrechaba temblorosamente al ruso sin nombre, Victoria, que dormía a su lado, creía notar en su cuello y en su pecho dedos fríos, dedos de muerto, y pensó en su hermano. Súbitamente se despertó y, al ver una mano pálida y pecosa sobre su pecho, acertó a decir:

–¿Qué haces?

–¡Acabo de abrazarlo! –exclamó Martina, con los ojos aún cerrados.

–Despierta, Martina, me estás abrazando a mí.

–¿A ti?

Sin abrir los ojos, Martina regresó al sueño, pero en lugar de abrazar a Victoria se abrazó a sí misma y adoptó la posición fetal.

El Ruso

El Ruso se despertó y vio a su lado a Raúl. Se hallaban junto al río, cerca de Talavera, y el sol caía oblicuamente sobre la dehesa. Sabían que la guerra había acabado pero no se querían rendir, en todo caso querían huir, y ni siquiera eso tenían claro.

A media mañana, decidieron darse un baño y descendieron hasta el roquedal, donde el agua se partía en cada tramo antes de volver a juntarse en la presa del monasterio. Su milenaria insistencia había dado a las piedras que estaban en contacto con ella carnalidad y blandura, y parecían presencias húmedas que reaccionaban al contacto con los pies.

Arriba, en un cielo que parecía odiar la trasparencia, el gavilán señoreaba con su lento y amplio vuelo, atento a todo movimiento que pudiera llevarse a cabo en el roquedal. Viéndolo, se intuía la elegancia severa que pudo tener el vuelo de algunos reptiles alados cuando el hombre ni siquiera era un proyecto.

Cerca de la presa, estuvieron nadando un rato y luego comieron uvas pasas con pan en un lugar sombrío y resguardado al borde de una barranca, desde donde podían contemplar sin ser vistos un vasto panorama en el que se incluía una ciudad de piedra ocre y gris y el río de acero. El estruendo de las cigarras ahogaba el rumor de la ciudad, dando la falsa impresión de que todo en ella era silencio. De vez en cuando llegaban sin embargo rugidos de vehículos militares.

El Ruso posó la mano sobre el hombro de Raúl y dijo:

–¿Me haces un cigarrillo?

–Háztelo tú...

El Ruso, que era largo y pelirrojo, cogió la petaca que le tendía su amigo y dijo:

–Tengo ganas de pisar Madrid...

–¿Y qué has perdido allí?

–¿Acaso no lo sabes? Me esperan mi novia y un hermano loco –dijo el Ruso.

–Nunca nos habías hablado de tu hermano...

–Me cuesta hablar de Damián... Iba para actor y consiguió un papel en *La aldea maldita*. Era el más inteligente de la familia, pero se empezó a torcer y a torcer, y una vez intentó matar a mi padre vertiendo insecticida en su oído. Lo dejó más sordo que una tapia y decidimos ingresarlo. Mi hermano pasaba el día leyendo las obras de Shakespeare y la Biblia, y quería hacerse protestante. Mi padre estaba furioso con él, y hasta pienso que precipitó su locura. Ahora está en un manicomio junto a la cárcel de mujeres, y me pregunto en qué situación lo voy a encontrar. Como comprenderás, ir a Madrid es para mí una exigencia. Quiero saber qué está pasando allí.

–¿No lo imaginas?

–No, Raúl, no lo imagino. Nadie lo puede imaginar.

–Yo sí que lo imagino –dijo Raúl, mientras liaba un cigarrillo–. Seguro que es un avispero de delaciones. La apoteosis del sálvese quien pueda...

–¿No has dejado a nadie allí?

–No, en Madrid sólo pasé tres años, mientras acababa Medicina... Tuve una novia en Chamberí que se murió de tuberculosis.

Raúl observó su pistola y dijo:

–Me temo que ya no vamos a pegar muchos tiros más, muchacho. Antes nos los pegarán a nosotros.

–No te engañas –dijo el Ruso con amargura.

–¿Sigues enamorado de tu novia?

–Completamente. La voy a devorar en cuanto llegue a Madrid.

–Veo que es ella la que te arrastra.

–No te quepa la menor duda. Es como si la oliera desde aquí.

–Es lo bueno de estar enamorado. Te da fuerza, te da decisión, te da locura.

Desde el fondo de la carretera llegó el rugido de un vehículo. Se acercaron a la cuneta y vieron que se aproximaba un coche militar.

–¿Qué hacemos? –dijo el Ruso.

–¿A qué te refieres? –preguntó Raúl.

–Es un vehículo enemigo. Podía ser nuestra última operación.

–¡Ni hablar! –protestó Raúl.

–¡No me salgas con cobardías a esta altura del camino! Piensa que estamos en una guerra que no va a acabar nunca –espetó el Ruso.

–¿Te has vuelto loco?

El vehículo estaba cada vez más cerca. En la soledad del páramo parcialmente cubierto por pinares, su oscura y pesada carrocería lo hacía parecer aún más amenazante. Sin pensarlo más, el Ruso salió a la carretera y apuntó con su pistola al chófer, que no detuvo el automóvil.

Lo tenía ya encima cuando disparó, casi al mismo tiempo que Raúl, que había decidido seguir a su amigo. De los dos disparos, sólo el de Raúl, que no tenía el vehículo tan cerca, alcanzó al chófer, que torció hacia la izquierda y estrelló el coche contra un árbol. La sangre empezó a salir por una de las ventanas abiertas, que dejaba ver el rostro de una chica rubia, y por la carretera rodaron varios membrillos.

–¿Qué hemos hecho? –rugió Raúl.

–Creí que iban a parar –dijo el Ruso.

Desde la arboleda llegaron ruidos que parecían de pasos.

–Tengo la impresión de que nos han visto –murmuró el Ruso. Un segundo después, surgió del fondo de la carretera un camión y, con el ánimo encogido, se ocultaron en el bosque y siguieron por el camino de la sierra hasta que llegaron a un robledal donde vieron a un hombre muerto que estaba siendo devorado por los buitres.

Dejaron a un lado el camino y bajaron por una larga pendiente hasta la vía, cuyo trayecto siguieron hasta las proximidades de la estación de Oropesa, desde la que llegaban nubes de vapor procedentes de las locomotoras. Raúl y el Ruso fueron a refugiarse a un patio, al fondo de una casa en ruinas desde donde se divisaba la torre del castillo, invadida por la maleza. Allí se sentaron entre los escombros y allí Raúl agitó angustiado la cabeza.

—Te voy a dejar —dijo.

—¿Estás seguro?

—Completamente. Hemos hecho una locura, y aún podemos hacer más si seguimos juntos.

—Supongo que sí —dijo el Ruso, encogiéndose de hombros.

—Yo no quería hacerlo.

—Pero lo has hecho.

—Por tu maldita culpa —gimoteó Raúl.

—Ya no pareces un miliciano.

—¿Y tú? ¿Qué pareces? Un fantoche que se niega a aceptar las evidencias. Tendríamos que deshacernos de nuestras pistolas. Ahora son un peligro.

—¿Y antes no? Aunque, bien mirado, el peligro es ir desarmado. ¿Dónde quieres ir?

A modo de respuesta, Raúl se incorporó y señaló la estación.

—¿No has advertido que ese mercancías va a Lisboa?

El Ruso lo miró con angustia y asintió.

—Tengo un tío en Lisboa que trabaja para la marina mercante —añadió Raúl—. Él puede ayudarme a llegar a Buenos Aires.

Mientras se abrazaban, el Ruso reventó en sollozos. Raúl apretó sus hombros y susurró:

—Hasta siempre.

Un instante después, tomó el camino que conducía a la vía. La locomotora volvió a silbar y la vía desapareció tras una densa humareda, que se tragó también a Raúl.

Roux, Cardinal y el Pálido habían comido opíparamente en el Ritz y se sentían alegres y pesados cuando salieron del hotel. Sus cabezas estaban llenas de ideas blancas e ideas negras, sin más matices posibles, y mientras hablaban se reían. ¿De qué? No era fácil saberlo. Aunque a ratos se ponían furiosos y comentaban el asesinato del comandante, de su hija y de su chófer. Una hora antes les había llegado la orden de elegir a quince mujeres, preferentemente menores de edad, para conducirlas a juicio.

Ya en comisaría, una señora, que se sentía agradecida porque habían liberado a su hija, le regaló al Pálido un ramo de rosas. Eran quince. La señora ya se había ido cuando el Pálido cogió el ramo y, mirando a Cardinal y a Roux, dijo:

–Señores, ha llegado el momento de decidir quiénes van a ser las quince de la mala hora. Bastará con ponerle un nombre a cada una de las rosas. Hagan memoria y decidan, según sus preferencias. Empezaré yo –dijo tomando una flor–. Y bien, esta rosa de pasión se va a llamar Luisa. No conseguí que esa bastarda pronunciara una sola palabra en los interrogatorios. Por poco me vuelve loco.

–Y ésta se va a llamar Pilar –dijo Cardinal, apartando otra flor.

–Y ésta se va a llamar Virtudes –susurró el Pálido con precipitación.

–Y ésta Carmen –dijo Cardinal–. Lo merece más que nadie. Nunca me miró bien esa condenada.

–Y ésta Martina –anunció Roux–. Está siempre ausente. Seguro que ni siquiera se va a dar cuenta de lo que pasa.

–En ese caso llamemos a esta otra rosa Elena. Tampoco se va a dar cuenta de nada. Hay gente así de afortunada –dijo Cardinal.

–Y ésta Joaquina. Veamos si ahora la protegen sus veintiocho negros –dijo el Pálido, y añadió–: Os veo muy animados. ¿Cuántas llevamos?

–Siete.

–Pues aquí va la octava, que se va a llamar Victoria –añadió Roux–. Otra dama ausente.

–Y la novena Dionisia. ¿Cómo he podido olvidarme de ella? –dijo Cardinal.

–Y ésta Blanca –musitó el Pálido.

–Quedan cinco. Voto por que ésta se llame Julia –dijo Cardinal.

–Y ésta Avelina –anunció el Pálido, para enseguida añadir–: Y ésta Ana.

–¿Por qué ellas? –protestó Roux.

El Pálido miró afiladamente al comisario y murmuró:

–Es una condición impuesta. En realidad tenían que haber sido las primeras.

–¿Por qué?

–Avelina es la más conocida en la cárcel, la que todas esperan todas las mañanas. Si queremos que el castigo no pase desapercibido, la Mulata es la pieza clave. Con Ana ocurre algo parecido: dicen que es la reina del departamento de menores.

–Lamentablemente tiene usted razón –dijo Roux.

El Pálido lo miró con desdén y añadió:

–Le recuerdo que también he nombrado a Blanca, que por tocar el armónium es muy conocida. ¿Y qué me dicen de Virtudes? Señores, nos exigen esta vez la máxima eficacia y la máxima contundencia. La estrategia está clara y ya sólo quedan dos rosas por nombrar.

Cuando ya las quince flores tenían nombre, el comisario ordenó a Cardinal que escribiera la lista en un papel y la enviase a la cárcel.

III
El cofre de las alucinaciones

Nero

Las malas noticias vuelan más deprisa que las buenas, como si llevaran con ellas el demonio de la urgencia, o como si ardieran en las lenguas de los mensajeros y tuviesen prisa por desprenderse de ellas.

Todas las voces coincidían: quince reclusas, casi todas menores, iban a salir a juicio, a la vez que cuarenta y tres hombres, entre los que al parecer figuraban Enrique, el marido de Blanca, Vicente, el novio de Virtudes, y Gregorio, el hermano de Victoria.

Las mujeres que llevaban algún tiempo en la cárcel, y que sabían de qué se trataba, pusieron cara de preocupación, convirtiéndose en el epicentro de una inquietud que se fue expandiendo por todas las galerías. Virtudes fue una de las primeras en saber que estaba incluida en la lista, y anduvo recorriendo su galería mientras gritaba que la llevaban a juicio.

Todas las reclusas que le salían al paso le decían:

–¿Y yo? ¿Estoy en la lista?

–No lo sé –contestaba–, pero la voceadora está a punto de llegar y lo sabréis por ella misma.

No mucho después, casi todas las convocadas pudieron verse las caras en el vestíbulo de la cárcel. Allí estaban Martina, Victoria y Ana, del departamento de menores, y junto a ellas se hallaban también Avelina, Carmen, Dionisia, Pilar, Luisa, Elena, Blanca, Julia, Virtudes y Joaquina, que parecía la más indignada. Unos minutos más tarde llegaron las dos que faltaban, y se abrieron las puertas de la prisión.

—¿Sabes algo del novio de tu hermana? —preguntó Tino.
—¿De Julián? Sólo sé que aún no ha vuelto, y que es posible que no lo haga. En el frente se hizo bastante conocido. Le llamaban el Ruso —contestó Suso.
—¿Por qué?
—Supongo que por su aspecto. En una ocasión me estuvo enseñando a disparar. Mira, en esta foto sale.
—Vaya tipo. No sabía que los milicianos usaban caballo.
—Sólo algunos.
—¿Crees que todavía sigue luchando?
—Me has vuelto a pillar. Sencillamente no lo sé. Espero que no haya intervenido en el asesinato de Gabaldón. Aunque cosas más raras se han visto.
—¿A quién han asesinado?
—A un comandante que se encargaba de los comunistas y los masones y que los tenía muy a raya. Me lo dijo don Basilio esta mañana.
—¿No crees que es hora de volver al trabajo?
—Vamos.
—¿Hacia dónde tiramos?
—Hacia la cárcel de mujeres.
—¿Por qué?
—Porque, según me han dicho, las cosas vuelven a estar al rojo vivo y va a haber mucho movimiento.

Desde la prisión las llevaron al descubierto hasta el convento de las Salesas, sobre la caja de un camión destartalado.

La vida se había dividido en zonas de luz y zonas de sombra muy contrastadas, de forma que algunas cosas quedaban sobreimpresionadas y otras en la más profunda oscuridad. Y ahora, los transeúntes podían contemplar las caras de las víctimas y sacar conclusiones al respecto, aunque no vieran las ejecuciones.

De las quince que iban en el camión más de la mitad iban rasuradas, mas no por eso mostraban su peor cara. Virtudes, por ejemplo, se había pintado los labios para que su indignación resultase más clara.

Cuando el camión atravesó las arboledas de Manuel Becerra, un muchacho que iba en bicicleta se fijó especialmente en ella, y Virtudes se lo agradeció con una sonrisa tan contagiosa que enseguida pasó a todas las que iban en el vehículo.

Ya cerca del convento, Virtudes pensó en su novio. ¿Lo volvería a ver realmente? ¿Sería verdad que en el mismo expediente figuraban más de cuarenta hombres? ¿Y por qué tantos? Lo mismo se preguntaba Blanca, ansiosa de ver a Enrique y a la vez angustiada por lo que aquel encuentro significaba, y Victoria, que sólo pensaba en Goyo y que se negaba a imaginar dos muertes más en la familia.

El juicio se llevó a cabo en una sala en la que apenas cabían las quince mujeres y los cuarenta y tres hombres, que permanecieron sentados en banquillos frente al estrado.

Para el Consejo, todos eran culpables de conspirar contra el Generalísimo. Ante semejante delito, ¿cómo plantear una defensa? Era una pregunta que muy pronto empezó a hacerse a sí mismo el defensor, mirando con ojos huidizos a los acusados.

Y mientras el fiscal y el defensor hablaban, Virtudes miraba a Vicente y Blanca a su marido. En cambio Victoria no alcanzaba a ver a su hermano Gregorio, que se hallaba en la primera fila.

El fiscal volvió a insistir en la conspiración y el defensor renunció a la defensa, por considerarla moralmente imposible, limitándose a pedir misericordia.

A partir de ese momento el fiscal pudo exhibir sin problemas todo su verbo y recomendó al tribunal no dejarse influir por «el rostro angelical» de Ana. Al oírlo, Ana se quedó más lívida de lo que estaba.

La sala se fue caldeando con tantas respiraciones entrecortadas. Sudaban los cuerpos de los acusados y los de los acusadores, sudaban las paredes, sudaban las lámparas cónicas que caían sobre el estrado.

El extravío, que parecía condensado en la atmósfera misma de la sala, en sus luces enrarecidas, en sus enrarecidas miradas, en sus enrarecidos temblores, empezó a manifestarse entre los acusadores y los acusados de forma violenta. Según eran interpelados, algunos acusados se extraviaban de miedo y lanzaban nombres como cuchilladas, que creaban más confusión todavía, o se escudaban diciendo a veces menos y a veces más de lo que se les exigía.

El fiscal apuró un vaso de agua e invocando el sumario habló de José Nero, secretario general de las Juventudes Unificadas, que había delatado a toda la organización. Según él, algunos miembros de las Juventudes Unificadas habían intentado atracar una tienda de ultramarinos de la calle Dulcinea, sin conseguirlo «debido a la presencia de un elemento extraño y sospechoso que estaba a la puerta de la tienda».

Para el fiscal no se trataba de un asunto anecdótico: en operaciones como las de la tienda veía ya los intentos de reconstruir las Juventudes Unificadas y dotarlas de un fondo económico.

Mientras el fiscal continuaba, Virtudes y Vicente volvieron a mirarse. Justo en ese momento, Gregorio giró la cabeza y consiguió ver a su hermana un instante. El juicio estaba concluyendo y el vocal ponente se dispuso a dictar la pena de muerte para cincuenta y seis personas, acusadas de haber pretendido reconstruir las JSU, algo que sólo era parcialmente cierto y que no atañía ni a la mitad de ellos.

De las quince enjuiciadas, dos se libraron de la pena capital. Una porque tenía quince años, y que fue condenada a doce años y un día de reclusión, y la otra porque habían escrito mal su nombre y figuraba en la acusación con nombre masculino. Con los hombres hubo más acuerdo y fueron condenados todos los del expediente.

De esa manera, las trece mujeres condenadas a la pena máxima vinieron a ser Avelina, Joaquina, Pilar, Blanca, Ana, Julia, Virtudes, Elena, Victoria, Dionisia, Luisa, Carmen y Martina.

José Nero, que tras la delación a la que le condujeron las torturas intentó mantener una actitud digna, figuró como el primero en la lista de los condenados, pues según se aseguraba en el «Auto Resumen», «sólo muerto dejaría de luchar contra la Patria».

Concluido el juicio, los sacaron al pasillo, donde todo eran murmullos, lágrimas, sollozos y confusión. Estaban tan perturbados que casi no se reconocían unos a otros. En medio de la inquietud, Blanca consiguió apresar la mano de Enrique, que se fundió con ella en un beso breve e intenso. Enseguida los separaron. Ya para entonces, Virtudes había conseguido abrazar un instante a Vicente. También Victoria logró acercarse a Gregorio, que la estrechó con rabia y dolor. Victoria notó que Gregorio había adelgazado mucho. Casi parecía un ser de otro mundo: sus ojos brillaban más que antes y daba la impresión de que su hermano muerto se hubiese apoderado de su persona.

Tras el Consejo, las penadas regresaron a la prisión en el mismo camión que las había llevado al convento. Iban más decaídas que la víspera, sintiendo lo mucho que se había estrechado el túnel de la vida. La gente se detenía a su paso y comentaba su aspecto. A veces, algún transeúnte les hacía el gesto de la muerte deslizando el dedo por el cuello, a modo de cuchillo degollador.

–Mira, las rojas.

–Las que van rapadas parecen Juanas de Arco.

–Por la mañana pasaron cuatro camionetas con hombres...

–¡Al paredón! –gritó un espontáneo que fumaba un cigarrillo junto a los dos transeúntes que conversaban.

–¡Al paredón! –repitió un niño de unos cinco años, cuando ya la camioneta de las muchachas estaba rodeando la plaza de toros, desde la que llegaban clamores de fiesta.

–Ese renacuajo ha gritado al paredón –dijo Tino.

–Calla y observa. No miran como antes.

–No.

–Ni siquiera respiran como antes –añadió Suso.

–No.

–Algo ha pasado.

–El niño no ha mentido, Suso. Huelen a paredón.

Tras ellos, Muma observaba el camión de las presas con la misma atención.

Mientras se celebraba el juicio, las muchachas del departamento de menores habían estado haciendo farolillos de papel y pancartas para recibir festivamente a sus compañeras, pues les parecía imposible que pudieran traer la muerte a cuestas.

Pero en cuanto las vieron llegar, percibieron en ellas la mirada de la desolación y decidieron quitar los farolillos. Lo que prometía ser una fiesta se convirtió en una extraña ceremonia del adiós.

Era la primera vez que condenaban a muerte a menores, y cundió el pánico, ya que hasta entonces se consideraba el departamento como un seguro de vida, y se suponía que estar en él implicaba que una no iba a ser ajusticiada.

En menos de una hora, la noticia de la ejecución inminente de trece de las procesadas se difundió por la prisión como si la guiara el espíritu de la noche. Y el espíritu, que se deslizaba como un látigo entre las caras y las piernas, que entraba bajo las faldas y bajo las almas, susurraba, escupía, vomitaba, proclamaba que se acercaba una noche llena de revelaciones.

Esa misma tarde, en la cocina de un pequeño piso de la calle de los Artistas, la madre de Carmen le dijo a una de sus hijas:

–Vas a tener que ir andando hasta la cárcel. A tu hermana se le han acabado las gotas y corren noticias de que esta noche las va a necesitar.

La niña, que tenía nueve años, cogió el frasco que le tendía su madre y se echó a caminar, pues le quedaba un buen trecho hasta la cárcel, al otro lado de la ciudad.

Bajó corriendo las escaleras de la calle Dulcinea y corriendo continuó hasta la Castellana. Allí le fallaron las fuerzas y estuvo sentada un rato, en un banco que se hallaba junto a un semáforo tirado en el suelo pero parpadeante, y no le gustó la imagen.

A partir de ese momento su viaje hasta la cárcel fue lo más parecido a un extravío.

Acababa de dejar atrás la Castellana cuando vio a una mujer gateando por el tejado de un edificio en ruinas. En la acera, varios guardias civiles le urgían a que bajara, y uno de ellos hacía sonar un silbato. Pero la mujer, de más de sesenta años, juraba que no iba a bajar y suplicaba que le devolviesen a su hijo. Tampoco aquella escena le resultó consoladora. Más adelante, en una plaza cenicienta en la que había niños pedigüeños, vio a una compañera de colegio a la que le faltaba una pierna y que utilizaba dos muletas de madera. En la plaza había mucho humo.

–¿Qué ha pasado? –le preguntó a la niña coja.

–Han llenado esa casa de humo.

–¿Por qué?

–Porque pensaban que había hombres ocultos. Han sacado a tres...

La humareda persistía cuando se despidió de la niña y ya no dejó de correr hasta que llegó a la cárcel.

Primero habló con un guardia civil, que la condujo hasta el portalón y la colocó delante de una funcionaria.

–¿Qué quieres? –preguntó la mujer.

–Verá, señora, traigo un frasco para mi hermana que padece del...

–¿Cómo se llama?

La niña se lo dijo.

—Ah, es una de las penadas... Veamos el frasco... —musitó la funcionaria, extendiendo la mano.

La niña le entregó el frasco. La mujer lo examinó fríamente y murmuró:

—¿No será veneno?

—¿Cómo dice?

—Algunas prefieren suicidarse.

—Mi hermana no es una suicida.

—¿Te quieres callar?

La niña se quedó paralizada.

—¿Esto es todo lo que te ha dado tu madre?

—Sí.

—¿Y quién paga mis servicios?

—¿Qué servicios?

La mujer inclinó la cabeza hacia la niña y dijo:

—¿Eres tonta?

La niña se echó a llorar.

—¿Van a matar a mi hermana? —preguntó entre sollozos.

La funcionaria la guió hasta la puerta y musitó:

—No hagas preguntas absurdas, y vuelve a casa.

Afuera era ya noche cerrada.

Antígona

El espíritu entraba en las cabezas por los oídos, por los ojos, por la piel. Tenía deseos de enturbiar conciencias, muchas conciencias. Tenía ansiedad, y llegó un momento en que se apoderó de todas las presas. Las dotadas de más sentido de la realidad comprendieron la gravedad de la situación y empezaron a redactar las peticiones de indulto, amparándose en el hecho de que la mayoría eran menores y de que sus vínculos con las JSU eran en algunos casos anecdóticos y en otros, como en Dionisia, los había provocado la necesidad de tener un sueldo.

Y mientras ellas se afanaban, Virtudes, que se había colado en el departamento de menores, se hallaba en plena euforia. Decía que sabía que iba a morir, y se creía poseída por la verdad, inundada por la verdad. Pasó casi dos horas en la terracita, despidiéndose de sus amigas, y cuentan que tenía la cara incendiada y que la mirada le brillaba más que otras veces.

–No os van a matar –dijo una de sus amigas–. Seguro que os indultan.

Virtudes negó con la cabeza.

–No habrá indulto, estoy segura. Voy a morir y a vosotras os tocará contarlo.

Ana la miró con asombro. Su tono de voz había cambiado, haciéndose más íntimo y a la vez más lejano. Una vez más, la situación la estaba trasfigurando y miraba como si ya estuviese en la otra orilla.

La funcionaria encargada de la vigilancia, que, haciéndose cargo de la situación, había pasado por alto la irrupción de Virtudes en el departamento, vio llegado el momento de hacerla regresar a su galería y así se lo hizo saber.

Virtudes abrazó a sus amigas y susurró:

–No olvidéis nunca este momento. Adiós.

Con el transcurrir del día, las peores sospechas empezaron a confirmarse. El rancho comenzó a servirse a las siete, y pocas ignoraban que cuando eso ocurría era porque iba a haber «saca», como llamaban a la operación de conducir a capilla a las condenadas.

Elena y la Muda no cenaron y permanecieron encogidas y pegadas la una a la otra. Se habían lavado y llevaban vestidos limpios, que les habían prestado las compañeras de la escalera.

–Es espantoso cómo se ha ido curando mi vista desde que llegué a la cárcel. Ahora os veo claramente las caras.

–¿Y?

–Prefería la visión de antes. Era tan perturbadora como la de ahora, pero me gustaba más...

No lejos de ellas, se hallaban Joaquina y Pilar, las dos tan furiosas como abatidas.

–¿Crees que nos vendrán a buscar esta misma noche? –dijo Joaquina.

–Yo siento que no.

–Tú siempre sientes lo que te interesa.

–Quizá tengas razón.

–Dan ganas de escaparse.

–Algunas lo intentan... Se ocultan en las celdas más remotas, se entierran bajo las baldosas, pero es inútil.

Una de ellas sollozó. La otra empezó a abrazarla y dijo:

–Guarda las lágrimas, corazón, que ya han dado las diez y todavía no se ven señales de que vayan a venir a por nosotras.

–¡Lo que daría por un solo día más!

–Y yo. Confiemos en la suerte –dijo Pilar, antes de dirigirse a su celda.

Estaban a punto de dar las doce. Victoria cogió el libro que ocultaba bajo el petate y leyó un párrafo que tenía subrayado:

Vedme, gentes de mi mismo suelo, atravesar el último sendero y mirar por última vez el rubio sol. Hades, que a todos acoge, me lleva viva hasta las orillas del Aqueronte, sin participar de casamientos, sin que hayan entonado el canto nupcial en mis bodas. Me casaré en el Infierno.

El párrafo la estremeció, pero lo leyó tres veces. Luego dejó el libro y se recostó en el petate envuelta en sudores fríos.

A su lado, Ana se hallaba haciendo tapas para libros con tela de yute. Llevaba un rato concentrada en su trabajo cuando cayó en la cuenta de que eran las doce y cuarto. Por regla general, las *sacas* solían producirse de ocho a diez de la noche y muy rara vez a las doce. Así que respiró con alivio y dijo:

–¡Ya podemos acostarnos que hoy no van a venir!

Ana se recostó en el petate y cerró los ojos, como si estuviese pensando en alguien.

En el otro flanco de la cárcel, Julia permanecía pensativa. Y pensando estaba en su vida cuando llegó Virtudes para decirle que no iba a haber clemencia y que las iban a matar.

–¿A nosotras? No digas locuras... –exclamó Julia, esbozando una sonrisa triste–. Nuestro único delito es haber pedido limosna para Socorro Rojo. ¿Piensas que nos van a fusilar por eso? Además, olvidas que somos menores de edad.

Virtudes se puso a llorar. Julia la estrechó y le dijo:

–Nada de lloros, Virtudes. Las lágrimas dan mala suerte.

–¿Por qué?

–Abren el apetito de los señores de la noche.

Ana se hallaba a punto de dormirse cuando oyó que llamaban a la puerta.

La funcionaria bajó a abrir y, al ver a la lugarteniente María Anselma y a dos de sus ayudantes, exclamó:

–Pero ¿qué van a hacer?

–Tenemos que llevarnos a Ana, Martina y Victoria –dijo María Anselma con voz de burócrata.

–¿Es un atraco? –escupió la funcionaria.

Ana fue la primera en advertir que venían a buscarlas. La tentación es dejarse caer, pensó, precipitarse en el miedo.

Mientras contenía la respiración, tenía la impresión de estar sujetándose la cara como quien sujeta una máscara, para que las demás no vieran su espanto, que ella sentía circulando por toda la piel.

Para poder levantarse del petate, tuvo que llevar a cabo una operación mental que consistía en aplastar la angustia como quien aplasta una cucaracha y luego mueve con saña el pie a fin de rematar la destrucción. Durante unos instantes, su cabeza fue pura combustión. Luego se incorporó y caminó hasta la puerta.

–Deje que sea yo la que llame a las otras... –le dijo a María Anselma.

La teresiana asintió y Ana acudió al rincón donde dormía Martina y la despertó con suavidad, acariciando sus hombros.

Luego hizo lo mismo con Victoria, que al girar la cabeza y verlas estalló en sollozos.

Con sus tirabuzones cubriéndole los ojos, Victoria se agarró a su compañera y gritó:

–¡Me matan!

Victoria se aferró tanto al cuello de su amiga que costó ponerla en pie. Ana cogió su mano y dijo:

–Por favor, Victoria, sé valiente.

–¿Valiente? No pienso en mí, pienso en mi madre... Pri-

144

mero le matan a Juan y ahora nos matan a Goyo y a mí...
Me casaré en el infierno...

–¿Qué dices?

–En el infierno –repitió con voz ausente, como si aún estuviese dormida–. Nos casaremos todas en el infierno...

Ya se estaban acercando a la puerta cuando Martina se giró hacia las que se quedaban y les dijo:

–¡Que os arreglen las cosas pronto o acabaréis como nosotras...!

–¡...casándoos en el infierno! –remató Victoria, continuando la frase de su amiga.

Ana y Martina iban erguidas, pero Victoria avanzaba con la cabeza gacha. Al verlas desaparecer, las otras presas se quedaron mudas. No lloraban, no hablaban, casi no respiraban. Era como habitar en el corazón de un estupor que hacía vanas todas las palabras.

Carmen, que acababa de ponerse las medias, parecía la menos desconcertada. La seda se ajustaba bien a sus piernas, era amorosa con la piel. También los zapatos de tacón, blancos y ocres, se ajustaban bien a sus pies. ¡Qué lástima que los estuviera luciendo por última vez!, pensó poco antes de escuchar ruidos de llaves.

Ya estaba casi vestida cuando se fijó en Eulalia, la presa que solía imitarla en todo, y le dijo:

–¡Qué parada te veo! ¿Por qué no me imitas ahora y te vienes conmigo?

Eulalia reventó en sollozos. En cuanto dijeron su nombre, Carmen se incorporó y avanzó hacia la luz de la linterna que surgía de la boca de la galería. Como la luz la cegaba, tardó en ver a Zulema, que sostenía la lámpara, y a la directora, que llevaba un frasco en la mano.

–Tenga, sus gotas. Las acaba de traer su hermana –dijo la funcionaria en cuanto la tuvo delante.

Carmen miró con desdén el frasco que le tendía Verónica Carranza y musitó:

–Gracias, pero ya no lo necesito.

–¿En serio?

–¿Cree que estoy en condiciones de hacer bromas? –dijo, y desviando la mirada avanzó hacia la capilla.

Acababa de dejar atrás la galería cuando vio que Pilar, Dionisia, Luisa y Elena avanzaban delante de ella.

Amaranta

Avelina se sorprendió a sí misma abrochándose el vestido, en mitad de una celda llena de reclusas que la observaban en silencio. Con los ojos de Benjamín en la cabeza, se miró las piernas y sintió compasión de su propio cuerpo, como si ya no fuera de ella y lo viese desde fuera. Estaba poniéndose los zapatos cuando oyó que gritaban su nombre. Sus compañeras de celda abrieron aún más los ojos, en cambio Avelina los cerró. Cuando los volvió a abrir, todas sus compañeras la miraban fijamente.

Avelina se giró hacia Amaranta, la que había pretendido arrebatarle su puesto de cartera, y le dio la impresión de que era la menos apenada de todas. Aunque hiciese gestos que pretendían parecer muy expresivos, aunque pusiera cara de sentir mucho la pérdida, Amaranta no acertaba a comunicar dolor, en parte porque no lo sentía, aunque tampoco se podía decir que sintiese alegría. Más bien parecía oscilar entre un dolor que no llegaba a ser dolor y una culpa que tampoco llegaba a ser culpa y que estaba muy lejos de convertirse en angustia.

–¿Recuerdas que te dije que para hacer de cartera tendrías que pasar por encima de mi cadáver?

Amaranta asintió.

–Quería indicarte que se ha cumplido mi profecía. Quizá mañana puedes pasar por encima de mi cadáver, así que te regalo mi cartera –dijo Avelina.

—No la quiero.

—Bien, entonces se la paso a Eloísa.

Cambiando de opinión, Amaranta atrapó la cartera casi al vuelo y dijo:

—Gracias.

—No me las des. Te vas a llevar una sorpresa como creas que es un trabajo fácil... Te dolerán los pies, no podrás dormir de dolor, y a veces odiarás a todas las reclusas. Verás la locura a tu alrededor, aunque creo que estás preparada...

Julia y Virtudes se hallaban cuchicheando cuando apareció Zulema con una linterna y el sigilo de una gata. Las nombró a las dos, que se quedaron rígidas, mientras las otras presas respiraban con alivio.

Julia pidió a una de las reclusas un vestido marrón y negro que le gustaba mucho y empezó a ponérselo mientras miraba con inquietud a Virtudes, que parecía otra persona: su euforia había cesado por completo y no tenía fuerzas ni para cambiarse de ropa. En la cárcel se decía que los vestidos prestados daban buena suerte y una compañera le ofreció un traje de chaqueta negro. Virtudes ni siquiera lo miró. Un sudor frío le recorría la cabeza y la espalda impidiéndole despegarse del catre. Apretando los puños, intentaba irrigar su cuerpo de un poco de energía que hiciera menos difícil y humillante aquel momento, pero era inútil. Todo lo que hasta entonces había sido en ella alucinada claridad se había convertido en alucinada oscuridad. Nunca había experimentado un apagón parecido y ni siquiera podía gritar.

—¡No es posible! ¡Pero si aún no ha contestado Franco...!

—Da igual, como nadie les va a pedir responsabilidades... —murmuró una de las presas.

Virtudes se dejó desvestir como si ya estuviese muerta. Julia intentó animarla, susurrándole que tarde o temprano llegaría el indulto, pero ella no reaccionaba.

Al verla desnuda bajo la luz de su linterna, Zulema tuvo que hacer esfuerzos para que no le temblara la mano. El cuerpo de Virtudes era un suplicio para ella. Su vientre, liso y duro, albergaba un ombligo esculpido con mucha devoción, y sus piernas temblaban mientras Julia hacía cuanto estaba a su alcance para ponerle la falda. Zulema apartó la linterna y salió de la celda.

Virtudes ya estaba vestida cuando, tambaleándose, se giró hacia las otras muchachas y, antes de dirigirse a la capilla, las miró. Nunca su rostro se había parecido tanto a una súplica y, al mismo tiempo, nunca había expresado más arrogancia.

Dicen que quienes la vieron partir con el traje de chaqueta ajustado a su cuerpo adolescente, su cabellera rapada, su cara lívida y sus ojos grandes y negros, sintieron que se iba de allí un ser de una hermosura tan definitiva como quebradiza. Su estupor, su temblor, sus pasos, todo servía, todo se ceñía a su belleza de cristal.

Zulema intentó empujarla para que fuesen más deprisa, pero Julia le lanzó una mirada tan significativa que la funcionaria depuso su actitud y ocultó su mano tras la capa.

Zulema, que había sentido siempre cierta simpatía hacia Julia, decidió no seguir colaborando en aquella ceremonia, la única que la estaba sacando de quicio y que le estaba produciendo asfixia. Un instante antes, había sentido en los ojos de Julia un poder contundente, y que no era exactamente el de la desesperación. En todo caso debía de ser el poder de la indignación llevado a su punto de máxima agudeza, como la nota prolongada de un enervante violín. Zulema pensaba que en ese momento algo estallaba en la cabeza de la víctima y llegaba al exterior en forma de mirada asesina que luego no podíamos olvidar, pues se trataba de una mirada «hecha para durar», como ella misma decía y como había tenido oportunidad de comprobar.

Esa noche, cuando se dirigía a su despacho, vio a Amaranta mirando con arrobo la cartera de Avelina y se enfureció. Para Zulema no había posible comparación entre una y otra: Amaranta le parecía un animal negruzco, siempre atento a las debilidades más flagrantes de las demás, y Ave-

149

lina una belleza oscura como el café, acostumbrada a gustar y quizá por eso de una generosidad imperturbable.

Amaranta seguía observando la cartera y, al pasar junto a ella, Zulema no pudo evitar darle un empujón que la hizo desaparecer en la oscuridad de la celda.

Tino y Suso acababan de llegar al jardín trasero de una casa de dos pisos y bastante destartalada, que se hallaba pegada a la carretera del cementerio.

–¿Así que ésta es la marmolería de tu viejo? –preguntó Tino.

–Ésta es.

–No queda ni una piedra.

–Se las han llevado todas.

–¿Y tu hermana?

–Pasa el día cosiendo en esa habitación –contesta Suso.

–¿Y qué va a hacer si Julián no vuelve?

–Ni idea.

–¿Sigue tan guapa?

–No sabría decirlo. ¿Quieres verla?

–No, otro día.

–¡Soledad! –grita Suso.

Soledad abre la ventana de su cuarto y mira con severidad a los muchachos.

–¿Qué quieres?

–¿Y la cena?

–En la cocina tienes dos patatas y una sardina.

–¿La puedo compartir con Tino?

–Haz lo que quieras –dice, y vuelve a cerrar la ventana.

–¿Qué te parece?

–Una fiera. ¿Por qué las mujeres guapas suelen ser tan bravas?

–No lo sé, Tino, supongo que lo da su naturaleza.

150

Soledad

El Ruso acababa de llegar a la estación de Atocha en un tren de mercancías y se había deslizado entre los vagones hasta alcanzar la calle.

Amparándose en la sombras, rodeó por detrás el parque del Retiro y a medianoche llegó al arrabal de Las Ventas. Con la cabeza llena de pensamientos contrariados, torció más tarde hacia la carretera del cementerio, avanzó entre las tapias que rodeaban los eriales y llegó a la marmolería del padre de su novia, que ahora parecía completamente abandonada.

Una de las ventanas, la del cuarto de Soledad, permanecía iluminada. El Ruso arrojó una china contra uno de los cristales. La ventana se abrió y apareció su novia.

–¡Julián! –exclamó, creyéndose ante un fantasma.

Soledad corrió a abrir la puerta. Se abrazaron como posesos y subieron al cuarto.

–¿Y tu hermano?

–Está durmiendo. Trabaja lo suyo el pobre. Desde que acabó el curso le anda vendiendo mercancía a Basilio el de Cuatro Caminos.

–¿Tan mal estáis?

–No lo sabes bien.

–¿Y tu padre?

–Lo mataron en abril.

–¿Por qué?

Soledad se encogió de hombros.

–Por masón.

–¿Tienes un cigarrillo?

Soledad le pasó un paquete.

–Son de antes de la guerra. Los encontré el otro día en el escritorio de mi padre.

Julián miró la cajetilla con codicia y encendió un cigarrillo.

–¿Has sabido algo de mi hermano Damián?

–Sigue en el manicomio.

–¿Mejor?

Soledad negó con la cabeza.

–Mucho peor... El otro día fui a verlo a la fuente del Berro y no me reconoció.

Julián no cambió de expresión. Soledad se cruzó de brazos y le miró con distancia:

–¿Has oído bien todo lo que te he dicho?

Él observó con placer el cigarrillo y asintió.

–No te veo muy conmovido.

Julián se giró hacia ella. Dos miradas, dos abismos distanciados en el espacio y el tiempo, como estrellas en el cielo. Como estrellas separadas, cada una con su sistema y sus planetas y sus satélites.

Los dos sintieron miedo al mirarse. Los dos tuvieron la impresión de que sus ojos delataban un fondo que antes no existía. Casi tres años sin verse. Pero en realidad el tiempo era lo de menos. Importaba más todo lo que ese tiempo había albergado en su flujo, importaba más toda la miseria que la conciencia había tenido que asimilar. Ahí estaba el fondo, no el fondo de la experiencia, que les resultaba cada vez más imposible de definir y demarcar: ahí estaba el fondo de la vida sin más, tal como se había ido desplegando ante ellos durante la guerra.

Soledad contempló a Julián y con temor constató que sus ojos no miraban igual. Estaban como prendidos a una llama negra que ella no podía ver, a una llama interior, de naturaleza agobiante, que ella sólo podía sospechar.

¿Qué ha perdido Julián, en algún momento y en algún lugar, para que ahora sus ojos tengan la aplastante autoridad de lo irreparable? Por más doloroso que le resulte, son ojos menos fiables que los de antes y con más propensión a la línea oblicua, son ojos que han aprendido a zigzaguear, a resbalar, a paralizar, a interrogar, a sospechar, a acorralar y a matar.

Soledad siguió mirándolo con fijeza. Era como ver a un ángel exterminador. Una nube negra pasó por su cabeza pero se disipó enseguida: tinieblas fuera, tinieblas lejos, y que por una noche sea posible la tregua y las pieles tengan la última palabra, la que desembocaba en el silencio.

Con pasos temblorosos, Soledad se acercó a él y dijo:

–He estado a punto de enloquecer de soledad, Julián; si no me abrazas, me moriré de frío.

Desde la comisaría de Jorge Juan, el Pálido apenas tenía que andar un kilómetro para hallarse en su casa, situada en un edificio de la calle Velázquez, de muros blancos y grises y tejado de pizarra.

Era ya de noche cuando se despidió de Roux a la puerta de la comisaría y se dirigió al domicilio familiar con una botella de vino en la mano. Mientras caminaba, no podía dejar de pensar en la ceremonia de las rosas. Tampoco podía dejar de pensar en Ana y lamentaba no haber llegado más lejos con ella en la ferocidad, en el placer, en el dolor. Podía haberlo hecho y nadie le hubiese dicho nada. Dos días antes, había soñado que era San Sebastián y que varias penadas, entre ellas Ana, lo torturaban. Las penadas llevaban faldas de jugar al tenis, y le arrojaban flechas muy puntiagudas. En el sueño las flechas no le asustaban y su contacto empezaba pareciéndose al frío y acababa pareciéndose al calor. Dentro del sueño, sentir que le estaban matando las mujeres, con sus miradas y sus falditas y sus saetas envenenadas, le producía un placer muy intenso.

Finalmente el Pálido llegó a su inmueble y, ya en el ascensor, se peinó ante el espejo. Nada más entrar, saludó a su gato, escuálido y rubio como él, que se hallaba en el pasillo. La doméstica ya había servido la cena y su madre y su hermana se hallaban sentadas a la mesa.

El Pálido acababa de entrar en el comedor cuando el reloj de pared empezó a dar las diez.

–¿Cómo ha ido el día? –dijo su madre, que tenía aspecto de generala.

El Pálido sonrió apenas y dejó la botella de vino sobre la mesa.

–Mucho trabajo –musitó, colgando la chaqueta en el perchero.

La madre miró plácidamente a su cachorro y le frotó la cabeza:

–Hijo mío –susurró.

Ya se hallaban todos en torno a la mesa cuando sonó el teléfono. El Pálido lo cogió. Era Roux, que lo necesitaba para un asunto de máxima urgencia.

–Tengo que irme –dijo desde el vestíbulo.

Su madre se levantó de la mesa, acudió al vestíbulo y farfulló:

–¿Son horas de salir?

–Tengo trabajo, mamá. No insistas.

–Empiezas a asustarme.

–¿Por qué?

–Porque en el trabajo que estás haciendo no debiera apetecerte hacer horas extras. Antes te bastaba con la comisaría de Lope de Rueda. ¿Ahora también vas a la de Jorge Juan? ¿Nunca te cansas de trabajar?

–No insistas, mamá, esta vez se trata de un asunto muy serio.

–¿Esta vez sí? ¿Entonces las otras no?

–Como empieces con tus juegos de palabras, renunciaré a venir a casa.

Su madre movió contrariadamente la cabeza y lo dejó marchar mientras le decía:

–Nadie juega con las palabras y los sentimientos como tú, Héctor. Acabarás volviéndote loco.

El Pálido la miró con odio y entró en el ascensor. Ya en comisaría, Roux posó la mano en el hombro del Pálido y dijo:

–No esperaba verle tan pronto, pero así son las cosas.

–¿De qué se trata?

–Los testimonios de dos testigos me obligan a pensar que uno de los responsables del atentado de Talavera se halla en Madrid. Primero lo vio un camionero, y más tarde un maquinista. Los dos me han telefoneado y le aseguro que hablan del mismo hombre.

–¿Y qué vamos a hacer?

–Rastrearemos Madrid. A usted le encomiendo el barrio de Las Ventas. Al parecer nuestro hombre ha tomado esa dirección.

Prima *Pepa*

Llevaban más de media hora las unas ante las otras, en un lugar muy concreto y que a la vez parecía un no lugar: la antesala de la capilla. Se consideraban las trece gafes y no se atrevían a mirarse a la cara. Todavía no había llegado el momento de la complicidad en la desgracia y había en ellas algo parecido a la vergüenza. Las avergonzaba haber sido elegidas. Si de verdad voy a morir, no entiendo por qué me avergüenzo. Tendría que estar furiosa, o triste, o desesperada, pero no avergonzada, pensaba Ana, ignorando que debe de haber un momento, anterior a la rabia, en que la muerte, justa o injusta, provocada o no, es experimentada crudamente por el viviente como una vergüenza, que hace muy difícil la mirada hacia uno mismo y hacia los demás.

–Con toda evidencia, somos las cenizas más cenizas de Las Ventas –proclamó Pilar–. ¡Y para colmo somos trece! ¡Es para no creerlo! ¡Las trece de la fama!

–No voy a negarlo –dijo Joaquina–. Siento como si estuviera alcanzando una cima que no me esperaba, y que se me presenta como un regalo del cielo. Nunca antes había sido tan gafe, y eso que ya he pasado por dos consejos de guerra. Pero aquello era sólo el preludio de este maravilloso momento.

–¿Queréis callaros? –gritó Ana.

Joaquina la miró con desdén y dijo:

–Tu cara no miente: estás avergonzada de tu mala suerte, y lo comprendo.

Ésa era su conversación cuando llegó una de las funcionarias y abrió la puerta. Fue como pasar de una noche negra a una noche blanca.

La capilla era un espacio luminoso que resultaba muy alegre comparado con el resto de la cárcel. Se podía respirar. La sensación de tener un cuerpo volvía a parecer una sensación normal.

Ana, que fue la primera en entrar y elevar los ojos, vio una ventana y pensó que era un hueco que daba a la muerte.

Ahora volvía a lamentar no haberse ido con Francisco. De haberse fugado con él, estaría igualmente presa, pero no tan cerca de la muerte. También lamentaba haberse dejado convencer por su madre. En situaciones normales, las madres te guían hacia la vida, pensaba Ana, pero a veces te pueden guiar también hacia la muerte, por pura ceguera materna, por puro apego a lo que fue carne de su carne.

Ana continuó avanzando. La seguían muy de cerca Blanca y Joaquina. Detrás iba Avelina, y tras ella venían Virtudes, con pasos desconcertados, Pilar, Martina, Luisa, Elena, Victoria, Julia, Dionisia y Carmen, que iba la última. Todas parecían muy aseadas y llevaban su mejor vestido. Ana llevaba un vestido blanco y lila; Blanca llevaba, como Virtudes, Pilar y Carmen, un traje negro; y Dionisia un vestido blanco de seda natural, con rayas azules.

Enseguida se juntaron todas en el centro de la capilla, formando una piña. Miraban hacia el techo y respiraban con alivio. No les parecía la misma capilla de otros días. La sala estaba vacía y los únicos objetos que destacaban eran los ornamentos del altar: una talla de la Virgen del Carmen en el centro, y a los lados un crucifijo y un *Ecce Homo*. Más arriba, la vista podía hallar un punto de fuga en las vidrieras o detenerse bruscamente en el techo.

Carmen sintió un sosiego sólo comparable al de aquellos días de antes de la guerra, cuando estuvo a punto de dejar de tomar las gotas para el corazón, y continuó inmóvil junto a las otras, como si sintiera que cuanto menos se moviese menos iba a pasar el tiempo.

De la fase de la inmovilidad pasaron a la de la agitación, cuando les concedieron «la gracia excepcional», según palabras de María Anselma, de despedirse en la capilla de algunas de sus amigas, que llegaron no mucho después, y con ellas el temblor concentrado de todas las galerías. Las que venían para dar el último adiós a las penadas intentaban aparentar una fortaleza de la que carecían. Pilar, que parecía poseída por una angustiosa gravedad, aconsejó a las que se estaban despidiendo de ella que se uniesen todas hasta donde les fuese posible, porque resistirían mejor lo que les pudiese caer encima.

Próximo, estaba próximo el acantilado sobre el que batían las olas altas y plomizas. El acantilado sin ángeles ni guías. El de las olas gigantes, pensó Elena, el de las olas inmensas que bramaban en costas remotas, el de las olas huracanadas que creaban a su paso torbellinos en los que se hundían miles de almas y cuerpos que no querían, que no podían quedarse con su dolor a solas. Pensó que aquella capilla iba a ser el cofre de las alucinaciones y empezó a temblar. Sí, ahora los veía, miles de cuerpos en el acantilado, arrastrados por las olas. Había mucha gente en el abismo. Parecía la continuación de la cárcel y el comienzo de una nueva pesadilla.

–¿Qué estás viendo? –preguntó Joaquina.

Elena dijo:

–Veo que estamos a la orilla misma de la noche, y no hay asilo. Este techo no cobija, estas paredes no protegen.

–¿Crees que no lo sé?

–No estamos viviendo el final del infierno, estamos viviendo el comienzo. No hemos llegado al fondo del infierno, sólo hemos pisado sus umbrales –aseguró Elena, que una vez más parecía en trance.

–¿Lo veis? –gritó Joaquina–. Una mujer lúcida. Y como aún nos queda lo peor, yo voy a empezar mi calvario con un acto de generosidad y voy a repartirme.

–¿Qué quieres decir? –le preguntó Antonia, una de sus compañeras de celda, que había acudido a la capilla para despedirse de ella.

Joaquina sonrió y se quitó el cinturón de las veintiocho cabezas.

–¿Veis estas cabezas? –dijo mostrando el cinturón como si fuese un trofeo–. Me voy a repartir en cada negro. Un trozo de mí en cada cabeza. Así, cuando llegue lo peor, ya no seré yo misma. Me habré quedado en todas estas cabezas... Os daré una cabeza a cada una. Para vosotras será como comulgar con hostias negras.

Hubo risas histéricas. Justo en ese momento, Blanca le pidió a Julia que le cortase las trenzas, pues quería regalárselas a su hijo. Julia ya se hallaba con las tijeras en la mano cuando se le rompió el tacón de uno de sus zapatos.

–Ahora resulta que me voy a presentar coja en el paredón –dijo, y se echó a reír con amargura.

Apenas había trascurrido un cuarto de hora desde la llegada de las visitantes cuando las funcionarias dieron por concluido el tiempo de los adioses y ordenaron dejar de nuevo solas a las condenadas.

Ya se estaban yendo cuando Antonia abrazó a Joaquina. Una funcionaria gritó:

–¿Le gustaría continuar con ellas hasta el final?

Joaquina empujó a Antonia hasta la puerta. Nada más cruzarla, Antonia sintió que acababa de dejar atrás una frontera. A un lado de la puerta la luz sofocante de las galerías, al otro lado la niebla, que se iría adensando con el trascurrir de la noche hasta la hora añil. No había cruzado una puerta, había dado un salto en un acantilado. No podía mirar hacia atrás, no se atrevía. El otro lado quedaba lejos, y entre uno y otro peñasco había un espacio vacío, una zona de silencio.

Llevaban un rato calladas cuando Virtudes se acercó a Joaquina con la mirada caída y el ánimo en suspenso. Quería decir algo pero no le salían las palabras.

Sin darse cuenta, Virtudes había ido estableciendo una lucha feroz contra sí misma durante todo su período en la cárcel. Una actitud que se había desbocado en los últimos tiempos colocándola en situaciones escandalosamente contradictorias, que la dejaban indefensa ante sí misma. Y es que, cuando debido a la tensión, el eje de su yo amenazaba partirse y se veía obligado a doblarse con violencia, su naturaleza podía oscilar, varias veces al día, del ardor más decidido a la fragilidad más involuntaria, creándole la impresión, por otra parte acertada, de que podía haber sido una buena actriz dramática.

Mentalmente no se perdonaba los desfallecimientos de la voluntad y le dolía haber dado muestras de menor entereza que Julia. Aunque le dolía más pensar que dentro de unas horas, dentro de unos meses, dentro de unos años, ya ni siquiera encontrarían sus cenizas.

Cada vez más confundida, se acercó mucho a Joaquina y susurró:

–Elena dice que nos van a borrar.

Sus ojos negros miraban como suplicando una negación en la boca que tenía delante.

–Poco me importa –dijo Joaquina.

–¡Cómo puedes decir eso! –escupió Virtudes.

–¿Te escandalizo? –preguntó Joaquina–. ¡Poco me importa el que me recuerden o no si dentro de unas horas voy a estar muerta!

–No grites –le ordenó Ana.

–¿Te asusta la palabra muerte?

–No.

–¡Sé que te asusta! ¡A todos les asusta! Es casi una palabra impronunciable, por eso la llamamos *Pepa*. Pobres de las épocas en las que se le pone a la muerte el nombre de una prima, como si fuese de la familia.

–Sí –admitió Ana–, cuando la muerte es como de la familia conviene echar a correr...

–Y ahora la muerte es una prima tísica que va a venir a buscarnos al amanecer –dijo Elena, y añadió–: Empiezo a ver algo mejor...

–Todas empezamos a ver algo mejor –murmuró Martina, pegando las manos a su rostro lleno de pecas–, pero yo preferiría no haber tenido la oportunidad de llegar a ver tanto y con tanta claridad...

–¡Y yo!

–¡Y yo!

–¿Nos van a borrar? –volvió a preguntar Virtudes con cargante obstinación.

–¿Te consuela pensar que se acordarán de ti?

–¡Sí! –gritó Julia casi a la vez que Virtudes.

Joaquina las miró con desdén.

–Para mí no es ningún consuelo figurar en la historia. ¿Qué diablos quiere decir figurar en la historia?

–Pues a mí me importa que me recuerden –protestó Julia.

–¡A mí no! –insistió Joaquina–. El hecho de que los demás me recuerden no me va a devolver a la vida. Aquí ni siquiera queda nuestra sombra, entérate, Julita, que pareces tonta.

–¡Mucho cuidado con los insultos! –advirtió Ana.

Joaquina la miró apenas y gritó:

–¿Qué va a significar mi nombre con mi cuerpo bajo tierra? A ver, las iluminadas, que me respondan.

Todas se callaron, y Joaquina continuó:

–¿Acaso mi nombre va a tener vida propia? Sería muy bonito imaginar que nuestro nombre es como la punta de una estrella de mar en la que estuviese la posibilidad de reproducir toda la estrella. Pero si mañana alguien recuerda mi nombre, sólo recordará una o dos palabras.

Blanca la miró con distancia.

–Sé lo que estás pensando –le dijo–. Estás pensando en la muerte absoluta.

Joaquina se giró hacia Blanca y, tras un gesto de piedad, preguntó:

–¿Y tú estás pensando en la muerte relativa?

Pilar pidió un poco de calma y empezó a decir:

–Aceptemos que todo ha ido peor de lo que imaginábamos. Nos han engañado todos... Es hora de asumirlo... Todos...

–¿Estás segura de lo que dices? –musitó Virtudes, formulando una pregunta que deseaban hacerle todas.

Pilar contestó:

–Completamente, y os aseguro que tantos engaños en tan poco tiempo te sitúan en la realidad. No estamos en la noche oscura, estamos en la noche sucia.

Todas la miraron con pánico y admiración y guardaron silencio.

–Si no estuvieras en capilla ¿dirías lo que has dicho? –le preguntó Ana.

–No lo sé. Seguramente no.

Mientras las escuchaba, Carmen se palpó el corazón. Las contradicciones ideológicas la mataban más que las físicas.

–¿Seguramente no? ¿Entonces nuestras palabras dependen únicamente de la situación? ¿Ahora digo blanco porque estoy en el Ártico y ahora digo negro porque estoy en Senegal? –preguntó Ana–. No entiendo por qué tienes que pensar diferente por estar donde estás y no en la calle.

–Me desconciertas –dijo Pilar, cruzándose de brazos–. Crees que los nuestros nos han traicionado, ¿sí o no?

–Nadie te obligó a quedarte en Madrid. De haber querido, ahora estarías en Francia... –dijo Ana, con voz dudosa.

–¿De haber querido? ¿Crees que nuestra voluntad tiene algo que ver con esto? ¿Crees que basta con querer algo para conseguirlo? ¿Esta guerra no te ha servido para comprobar que entre lo que queremos y lo que tenemos hay un abismo?

–¿Pensasteis alguna vez en huir? –preguntó Carmen.

–Yo sí –contestó Ana–, y por una razón bien simple: tenía las manos limpias. Lo paradójico fue que también me quedé por esa razón.

–¿Sólo por esa razón?

–No, también pesaban mis padres –reconoció Ana.

–Yo nunca pensé en marcharme, pero no por heroísmo –dijo Carmen–. Me lo prohibía el corazón, y no hago juegos de palabras. Y una cosa sabía: si me quedaba, me arriesgaba a lo peor.

–Lo nuestro no es lo peor –comentó Julia, y esbozó una sonrisa.

–Tú vas a sonreír hasta cuando tengas plomo en las entrañas –dijo Joaquina–. ¿Nos puedes decir qué es lo peor?

Julia respiró hondo y dijo:

–Que nos hubiesen matado en comisaría como a Pionero.

Victoria la miró con fijeza.

–Tienes toda la razón –susurró Dionisia, que llevaba en las manos unas zapatillas. Victoria, que se hallaba junto a ella, asintió con la cabeza.

–Seguro que en este momento no existe nadie en el mundo que valore más que nosotras el hecho de estar vivas... –añadió Julia.

–Nadie –dijo Carmen, con su voz suave–. Es lo único que estoy sacando en claro de esta pesadilla: el valor inmenso de la vida.

Joaquina volvió a cruzarse de brazos y exclamó:

–¡Me hacéis mucha gracia!

–¿Por qué? –dijo Victoria.

–Quizá porque pienso que creemos en demasiadas cosas en las que no tendríamos que creer.

–¿Por ejemplo? –preguntó Julia.

–Habláis de la justicia, de la memoria, del mundo como si de verdad existieran. Sois de una ingenuidad desesperante.

–No sabía yo que tu reciente nihilismo fuera a llegar tan lejos –comentó Ana, más malhumorada que antes.

–Joaquina tiene razón –gritó Pilar–. ¡El mundo no existe, el Partido no existe, Dios no existe, la revolución no existe, la fraternidad no existe, la igualdad no existe, ni entre nosotras ni fuera de nosotras! ¡Suprimid tanta creencia y la realidad se abrirá ante vosotras como una granada con toda su metralla!

–¡Estás imposible! –dijo Carmen con dolor–. ¿Así es como vas a aliviarles el infierno a las menores?

–¿De qué menores hablas? –preguntó Virtudes acallando a Carmen.

Ana decidió intervenir:

–Dime una cosa, Carmen: ¿temes que las palabras de Pilar nos achiquen más de lo que estamos ya? No sabes cómo me conmueve tu delicadeza para con nosotras.

–Ana, lo siento... Tienes razón...

Ana lamentó haber sido tan brusca y, acercándose a Carmen, presionó cariñosamente uno de sus hombros. Joaquina comentó:

–Me río del mundo que gesté en mi cabeza, me río de mi miseria.

Pilar asintió. Joaquina continuó diciendo:

–Y aún estoy a tiempo de llegar más lejos...

–¿En qué? –le dijo Victoria.

–Contéstatelo a ti misma –respondió Joaquina.

–¿Más lejos en la comprensión del horror? –preguntó Victoria.

–En la comprensión no sé –murmuró Joaquina–, pero en la experiencia sí que podemos llegar lejos, tan lejos como lo quiera el mismo horror.

–Yo creo que no me habéis entendido –aseguró Pilar.

–¿Ah, no? –replicó Ana.

–No –contestó Pilar, tajante.

–Pues aún tienes tiempo para aclarar el malentendido –dijo Ana–, pero no te eternices porque a la salida del sol ya estaremos sordas.

Pilar cogió aire antes de decir:

–Justamente porque vengo de donde vengo y porque creo en lo que creo, no he querido maquillar la realidad y he preferido colocaros en situación. Nos han traicionado, sí, todos. ¿O me vais a decir que no cabía luchar más por nuestras vidas? Sí, lo digo bien alto... Bien es cierto que si hubiésemos mitificado menos la condición humana ahora no estaríamos tan asombradas.

–Tengo la impresión de que vuelves a excederte –murmuró Ana.

–Si me dejas acabar, verás que no. No proclamo lo que nos ha ocurrido, lo que nos está ocurriendo, para hundiros más. Lo digo para que estemos todavía más unidas y nuestro asco en esta noche tan sucia no sea tan vomitivo. ¿Habéis comprendido de una maldita vez?

–Lo peor no va a ser que nos maten –musitó Ana.

–¿Qué va a ser lo peor?

–Llegar al paredón sin respiración.

Algunas asintieron con la cabeza y otras con la mirada.

Blanca, que había estado escuchando a sus compañeras con el ánimo encogido, las sentía más libres que ella para morir, más libres para desesperarse y más libres para discutir. ¿Acaso una madre podía pensar en la muerte con la libertad de quien no lo era? Ellas no abandonaban a nadie surgido de sus entrañas y del que estaban obligadas a responsabilizarse hasta el final. Ellas, Virtudes, Victoria, Ana, Julia..., podían abrazar su propia muerte. ¿Yo puedo hacerlo?, se preguntó.

–En ningún momento os he oído comentar que aún puede llegar el indulto –dijo finalmente Blanca.

Joaquina sonrió con sarcasmo.

–El indulto va a llegar, ya lo verás, pero cuando estemos muertas. Será cómico de verdad.

–Hablo en serio. Aún puede llegar –insistió Blanca.

–Me parece que tú has leído mucha novela rusa –le dijo Pilar–. Sí, puede llegar. Incluso en el último momento. Le pasó a un escritor ruso, creo que a Dostoievski. Estaba ante el pelotón, a punto de ser fusilado cuando, de pronto, llega el indulto del zar. Ese día nació de nuevo y al mismo tiempo envejeció.

–¡Muy buena historia la que nos estás contando! –exclamó Ana con sorna.

–Una historia muy esperanzadora... –dijo Victoria–, pero ¿creéis que nos va a pasar lo mismo y que todo esto es puro teatro? La *saca*, la capilla, las despedidas, ¿todo teatro?

–Sí –dijo Blanca–, todo teatro, un teatro grotesco, y eso es lo peor... Aunque nos fusilen, esto no dejará de ser una comedia.

–Te doy la razón. Y como es una comedia siniestra, el recurso a la muerte se hace tan necesario como improbable el indulto –añadió Pilar.

Blanca negó con la cabeza.

–Pensad que Franco podría estar buscando un golpe de efecto que le hiciera parecer algo más clemente... De plantearse esa estrategia, esperaría hasta el último momento para conceder el indulto.

–Me gustaría verlo como lo ves –dijo Avelina, rompiendo su silencio–, pero todo empezó a oler muy mal desde la muerte de Gabaldón, y me temo que nuestra suerte está echada.

–¡Sois la desesperación! –clamó Blanca.

–Entiendo lo que te pasa –dijo Pilar–. Sé que tienes un hijo... Eso te diferencia de todas nosotras... ¿No quieres perder la esperanza? Pues no la pierdas. Será bueno para todas.

–Por supuesto que lo será –se apresuró a decir Julia–. Yo estoy con Blanca, y ni perdí la esperanza antes del consejo de guerra, ni la he perdido después. Pensad que aún estamos completamente vivas, pensad que igual mañana nos estamos riendo en nuestras celdas, y que tras haber pasado una noche en el huerto de los Olivos resulta que no hay crucifixión.

–Admiro tu optimismo, Julia, lo admiro de verdad –comentó Joaquina–, y me emociona que haya entre nosotras mentes inmunes al desaliento, pero yo lo sigo viendo muy negro. El blanco ha desaparecido para mí como color. ¿Estas paredes son blancas? No, son negras, miradlas bien. Atravesadlas y os toparéis con una negrura más densa todavía. Prefiero no pensar la edad que tengo. Si lo pienso, puedo tirarme de cabeza contra el altar y dejar a Jesucristo descalabrado. No, mejor no pienso. ¡Estoy harta de pensar! –gritó.

–Dejad de alimentar vuestra rabia y tranquilizaros un poco –pidió Carmen.

–Por fin una voz razonable –dijo Ana.

–¿Qué entiendes tú por razonable? –la increpó Joaquina.

–Entiendo por razonable no ladrar.

–¿Yo ladro?

–Ladras, sí. En otras palabras: quieres que se note mucho tu desazón, que se note más que la nuestra. ¿Por qué? No contestes, puedo hacerlo yo: porque tu muerte te parece más importante que la nuestra.

–¿Eso crees?

Ana le puso las manos en la cara y dijo con autoridad:

–Eso creo, y me parece normal. Seguro que a todas nos pasa lo mismo. Es difícil imaginar que puede haber algo más importante para una que su propia piel, pero te pido que hagas un esfuerzo y mires a tu alrededor.

–¿Y qué propones? ¿Que me calle?

–Propongo que te calles de vez en cuando y que recuerdes que todas estamos balanceándonos en la misma cuerda.

–¿Así que somos las trece funámbulas? –preguntó Virtudes.

–Más bien las trece sonámbulas... –dijo Ana.

Las dos habían empezado a reírse cuando Blanca se echó a llorar.

–Estáis enfermas –comentó Blanca, entre sollozos–. Yo quiero seguir creyendo en el indulto. Lo necesito. ¿Olvidáis que también van a matar a mi marido?

–¡Es verdad! –exclamó Pilar, echándose las manos a la cabeza.

–¿Os habéis dado cuenta de que hemos entrado en una espiral? –dijo de pronto Elena.

Le dieron la razón. Todas habían visto la espiral, todas la estaban viendo. En la noche sucia la espiral también parecía sucia. Era una espiral que buscaba suciedades cada vez más definitivas, y que las iba anunciando periódicamente.

Todas habían sentido el nacimiento de la espiral, pero no sabían decir cómo ni cuándo había aparecido. La espiral tenía sus curvas en la sombra y no todo en ella se podía descifrar. Seguramente su verdadero origen era la oscuridad, pero la espiral parecía tener destino y hasta sentido, pues se iba estrechando cada vez más.

Julián y Soledad se estaban besando con fiereza en la salita que daba al jardín abandonado, junto a una mesa camilla en la que reposaban un flexo, dos copas de anís y un paquete de cigarrillos.

Suso, que llevaba un rato despierto, subió con mucho sigilo las escaleras y se deslizó como un gato hasta la puerta entreabierta de la salita.

Vio las piernas de su hermana, que se movían como si danzaran, y le asombró tanta viveza. También le asombró su voz tan emotiva, de una dulzura escalofriante. A él nunca le hablaba de esa manera tan crujiente y cálida. A él sólo le daba gritos. En cambio con el Ruso parecía un ángel hecho de voluptuosidad y de deseo.

No pudo evitar acercarse más a la puerta. Ahora veía las piernas abiertas de Soledad y la mano del Ruso deslizándose entre ellas. Su hermana había cerrado los ojos. Lleno de asombro, la oyó decir:

—Ay, Julián, qué felicidad más grande es tenerte aquí de nuevo, vivo y sudoroso, con la piel ardiendo. Quiero tenerte muy dentro de mis nervios.

Del asombro, que es un sentimiento moderado, Suso estaba pasando a la estupefacción. No entendía cómo su hermana era de pronto tan lírica. Jamás le había oído frases tan rotundas y tan excitantes. Era para no creerlo.

Julián y Soledad ya se estaban acoplando sobre la cama turca cuando Suso decidió regresar a su cuarto, pensando que se merecían aquel desahogo cuyo desarrollo era mejor que quedase entre ellos.

Don Valeriano

Los sollozos habían cesado cuando oyeron una voz que habían olvidado:

–¿Sabéis por qué estamos aquí?

Ana, Virtudes y Victoria giraron la cabeza y con asombro comprobaron que era la Muda la que acababa de hablar.

–He hecho una pregunta.

–Se supone que lo sabemos –dijo Ana mirando a Luisa con admiración–, y se supone que nadie tiene ganas de explicarlo otra vez.

La Muda la miró con ironía y dijo:

–No lo sabéis. Pero yo os lo voy a decir, rompiendo de una maldita vez mi voto: estamos aquí por habernos dejado ver demasiado... Hasta yo, que no quería existir, acabé mostrándome más de lo necesario. ¡Ya veis qué fatalidad! No sólo han buscado un cierto número de víctimas. También han buscado las caras necesarias. ¿Empezáis a comprender lo que quiero decir?

Todas volvieron a mirarla llenas de asombro, mientras reflexionaban sobre sus palabras y sacaban consecuencias.

–¿Hemos de pensar que ha sido un milagro tu regreso al lenguaje? –preguntó Elena.

La Muda negó con la cabeza antes de añadir:

–No, no ha sido un milagro, a no ser que la rabia haga milagros.

–La Muda tiene razón. Yo se bien por qué me han elegido –comentó Avelina.

–No la tiene –se apresuró a decir Ana–. Unas están aquí por dejarse ver y otras por ocultarse. Han jugado como el diablo, y han disparado en todas las direcciones. Si lo piensas un poco, te puedes volver loca. Quizá estaban borrachos.

La Muda volvió a enmudecer.

–Espero ser menos que una sombra cuando llegue lo peor –dijo Avelina, que apenas había abierto la boca en toda la noche, y que permanecía inmóvil y rígida, sentada en un reclinatorio. No conseguía centrar la mirada en nada y todos sus pensamientos acababan conduciéndola al recuerdo de su padre.

–¡Qué callada has estado hasta ahora, casi tan callada como la Muda! –dijo Martina, con la intención de elevar un poco su ánimo.

Todas la miraron a la vez, y Avelina deseó que se la tragase el suelo de la capilla. Nunca se había sentido tan desdichada y tan sola, pero hacía horas que había decidido no comunicar a nadie la sospecha de que su padre podía estar en el pelotón de fusilamiento. Pensaba que ése iba a ser su último sacrificio: librar a sus amigas de su infierno.

Avelina se dio cuenta de que la seguían mirando, como si esperasen una respuesta, y empezó a sentirse culpable. Eso era lo que más le dolía, y reventó en sollozos.

Martina se acercó a ella y la estuvo consolando hasta que dejó de sollozar. A su lado se hallaba Dionisia, que también se había sentado en un reclinatorio y había empezado a bordar unas mariposas en sus zapatillas.

–¿Sueñas con mariposas? –preguntó Joaquina en tono burlón.

Dionisia la miró ligeramente y dijo:

–Sueño con mariposas que van cayendo por un acantilado inmenso, entre embistes del viento que les va desgarrando las alas. Llegarán muertas al suelo y con las alas deshechas. ¿Te gustan mis sueños?

–Me encantan. ¿Por qué has elegido mariposas?

–Quizá porque mueren varias veces. ¿Crees que le gustarán a *Pepa*?

Joaquina meneó la cabeza con paciencia y dijo:

–Mucho, pero si bordas calaveras en las alas le gustarán todavía más.

Dionisia se echó a reír, y enseguida Ana. De pronto la risa se extendió. Se reían ciegamente y con ira, se reían como en una pesadilla, mirándose unas a otras se reían, viendo sus caras deformadas se reían.

Era una risa desesperante y de una fuerza a la que era inútil oponer resistencia, ya que hasta Carmen se entregó abiertamente a ella.

La risa había empezado a atravesar las paredes de la capilla y amenazaba con extenderse por toda la cárcel cuando llegó don Valeriano, el capellán, un hombre de avanzada edad y rasgos angulosos, que se asustó al verlas.

–Con la Iglesia hemos topado –murmuró Pilar, consiguiendo que las risas se multiplicaran.

–¡Os posee la risa de Satanás! –gritó don Valeriano.

–Pero ¿qué dice? –escupió Pilar.

–Sólo Satanás puede obligaros a reír en un momento así, cuando tendríais que pensar únicamente en Dios –añadió el sacerdote.

–¡Lárguese! –gritó Virtudes.

El capellán esbozó una sonrisa sufriente y continuó parado ante ellas. No parecía el mismo sacerdote de otras ocasiones. Esta vez miraba a las penadas de otra manera, como si se creyera con menos autoridad.

El silencio se fue haciendo cada vez más tenso, pero ni ellas ni el cura abrían la boca. Y de pronto, Elena se apartó del grupo.

–¿Deseas algo, hija?

Elena negó con la cabeza y empezó a balbucir:

–Es usted el muerto que tenía que aparecer, la cara de madera que aún tenía que aparecer...

–Pero, hija mía, ¿sabes lo que dices?

Elena continuó:

–Es usted el que faltaba en esta ceremonia, lo sé... Porque a esta ceremonia tenía que acudir un muerto...

–¿Un muerto?

–Sí, y es usted ese muerto.

–No te entiendo.

–Es usted el muerto que siempre aparece...

Mientras Elena hablaba, todas las demás asentían de forma involuntaria. Don Valeriano estaba acostumbrado a dominar a las presas, pero ahora su mirada delataba demasiada indecisión.

Elena siguió diciendo:

–Mi madre me contó una vez que, cuando alguien va a morir, aparece un muerto en forma de viviente. Es el heraldo de la muerte, va vestido de negro, y no lo conoce nadie... Es usted el muerto que tiembla y que no sabe que está muerto... Es usted el que tendría que pensar en Dios, sólo en Dios, y olvidarse del mundo, y no nosotras. Es usted el que ya está en las últimas, y no nosotras. Yo sé que fallará su corazón, yo sé que está fallando ya.

Don Valeriano miró a Elena con odio y con lástima.

–Eres una pobre loca, y ya sólo por eso no tendrías que estar aquí... Tienes una ventaja: los locos no se condenan, en parte porque ya viven en el infierno. Pero debieras confesarte, tú y las demás.

–¿Y qué quiere que confesemos? –inquirió Ana.

Virtudes dio un paso hacia él y murmuró:

–Yo sé a qué ha venido... La confesión que nos quiere hacer es en realidad el último interrogatorio, la última posibilidad de sacarnos información.

–¿No creéis en el secreto de confesión? –dijo él.

Algunas se echaron a reír. Ana le preguntó:

–¿Sólo se le ocurre confesarnos? ¿No le parece triste?

–Vuestra historia no va a ser más triste que la mía –contestó el sacerdote–. Todas las historias son tristes desde que el mundo es mundo. Bendito el que tenga una historia alegre porque será el único. Una historia alegre ni siquiera la tuvo Dios cuando se hizo hombre. Si entras a formar parte de la humanidad, has de saber que ni siquiera siendo Dios saldrás ileso de la prueba.

–Ahórrese la retórica y las frases hechas –le aconsejó Pilar.

–¿Es retórico asegurar que del dolor no se libra ni Dios?

–Lo es –le dijo Pilar–, porque es justificar, además del dolor necesario, el dolor inútil, el dolor sin sentido y sin motivo que nos están provocando desde que nos detuvieron. No me hable del dolor, señor, y llegaremos antes al corazón del problema.

Don Valeriano calló. Durante unos instantes dio la impresión de ser un hombre perdido, hasta que reaccionó y salió de la capilla para entrevistarse con la directora, que en ese momento se hallaba en su despacho.

La directora, que, como Carmen, padecía del corazón, acababa de tomar sus gotas y se sentía mareada. Sobre su mesa se hallaban las instancias dirigidas a Capitanía solicitando clemencia, y que una hora antes don Valeriano había prometido enviar por tratarse de la única persona en la cárcel que tenía autoridad para hacerlo a cualquier hora del día o de la noche.

–¿Y esas instancias? –preguntó el sacerdote–. ¿Por qué no las han mandado ya?

Verónica Carranza le miró con pesadumbre y murmuró:

–No van a salir de aquí.

–¿Por qué?

–¿Necesita que se lo diga? Ocúpese de la justicia de Dios y olvídese de la de los hombres.

–A usted le resulta al parecer muy fácil olvidarse de la justicia de Dios.

–Ni más fácil ni más difícil que a usted.

–Lo dudo muy seriamente. ¿Ha hecho algo para que las instancias salgan de la cárcel?

–Lo intenté hace dos horas.

–¿Y?

–Y no pudo ser.

–Se sentirá usted muy orgullosa.

–¿Me quiere sacar de quicio? ¿Aún no sabe que la lista es inmodificable y que están totalmente decididos a fusilar mañana a trece mujeres y a cuarenta y tres hombres? ¿Aún no sabe que esta vez quieren un buen escarmiento? ¿En qué mundo vive usted, alma de Dios? Querían veinte por cada muerto de Talavera, y no se va a cumplir la cifra. ¿Tengo que ser más explícita?

El sacerdote se quedó mudo. Verónica Carranza, que manipulaba nerviosamente un lapicero, miró a don Valeriano con gravedad y añadió:

–Su misión esta noche es intentar que todas lleguen en gracia de Dios al paredón. Así que no se exceda en sus funciones y no me haga comulgar con ruedas de camión. ¿Cree usted que me bebo este cáliz con placer?

Don Valeriano le respondió con una mirada de asco y salió del despacho murmurando frases de ira. Luego se ocultó en la sacristía, donde apuró con avaricia un vaso de vino dulce, pensando que ya no tenía edad para someterse a semejantes tensiones. Algo más sereno, se acercó a la puerta entreabierta de la capilla y estuvo observando a las condenadas.

Ajenas a los pensamientos del capellán, las trece parecían haber llegado a una tranquilidad que quienes las observaban no acertaban a comprender, pues no parecía proceder de ninguna consigna ni de ninguna decisión común.

De pronto era como si las trece hubiesen conformado un mundo tan cerrado como perfecto, en el que nadie más podía entrar, y hasta Avelina parecía reconciliada consigo misma y se había suavizado su mirada.

Ana fue observando todas las caras y tuvo la impresión, más bien angustiosa, de que todas estaban en el mismo espacio mental y no sólo en el mismo espacio material.

Ana miró a Julia, y pensó que su mirada era más trasparente que nunca. Julia la miró a su vez y sonrió levemente, pero siguió en silencio. Era como si mil puertas se hubiesen cerrado y otras mil se hubiesen abierto. Y había ocurrido en un instante, sin que se diesen cuenta.

De repente, sin buscar encontraban. No había que comprender, no había que aceptar, no había que rechazar. Bastaba con estar sin estar, con pensar sin pensar, con callar sin callar. Porque estando silenciosas hablaban más que antes, que de tanto hablar ya sólo expresaban silencio, ya sólo callaban.

Elena cerró los ojos y se creyó en medio de un bosque de árboles delgados y altos como abedules. Era un bosque muy extenso, en realidad era un bosque sin límites. Ella estaba en ese bosque, en cualquier lugar de ese bosque sin límites, sabiendo que cualquier lugar era el centro. Ella y las demás, ella y las otras doce. Lo extraño era que en aquel bosque no había más seres. Todos habían huido, intentando hallar los límites del bosque, y se habían quedado solas. No era el paraíso: era solamente un bosque infinito y las habían dejado solas.

Fue entonces cuando volvió a irrumpir don Valeriano para ordenarles que se tenían que confesar y que ya no quedaba tiempo.

Todas sintieron su voz como un ladrido y lo miraron con una desesperación que el sacerdote no supo interpretar.

Dionisia, que seguía con su bordado, miró vagamente a don Valeriano y dijo:

–¿De modo que es usted el ángel que tiene la llave del abismo?

El sacerdote la miró con paciencia, se fijó en el bordado, movió levemente la cabeza y comentó:

–Sólo soy un siervo de Dios. No traigo ninguna llave, y menos la del abismo.

–¿Un siervo de Dios? Por ahí dicen que es usted su ministro.

–¿Y un ministro no es un siervo?

—Pero de muy alta graduación. Le felicito.

—Ahórrate los sarcasmos.

—No lo digo por sarcasmo —añadió Dionisia, sin apartar la mirada del bordado—. Usted es la prueba definitiva de que Dios está a punto de recibirnos, por eso envía antes a su cuerpo diplomático.

—No sigas, hija. Ya veo que tú no quieres hablar con Dios.

—No se confunda, señor ministro. Todavía no sé si quiero o no quiero hablar con Dios, pero sí sé que no quiero hablar con los miembros de su gobierno, sean o no ministros —declaró Dionisia, y continuó con su bordado.

Volvió la confusión. Unas asentían a las palabras de Dionisia y las aplaudían, otras no. De pronto, Blanca decidió confesarse. Siempre había reconocido que seguía siendo cristiana, y además no quería que el nuevo régimen acusase a su hijo de haber tenido una madre desalmada y complicaran su vida todavía más. Así que se apartó con don Valeriano a un rincón y se arrodillaron en dos reclinatorios enfrentados. Durante un instante, ambos se miraron como seres que de algún modo se reconocen, y el sacerdote hizo ademán de escuchar. Blanca quería confesarse, pero no sabía de qué. Al verla tan indecisa, don Valeriano dijo:

—No debemos juzgar a Dios por los atropellos que cometen los hombres... ¿Tienes algo que confesar?

Blanca continuó muda. El sacerdote añadió:

—Habla, hija, desahógate. Hay momentos en los que el silencio vale más que la palabra, y hay momentos en los que la palabra es preferible al silencio. Ahora estamos en uno de esos momentos.

A Blanca le dio la impresión de que aquello lo había oído en una obra de teatro y se sintió un tanto absurda, llevando a cabo una ceremonia que no acababa de resultarle tranquilizadora.

—He tenido malos pensamientos —acertó a decir.

—¿Muy malos?

Negó antes de sollozar.

–Ni siquiera eso. Estoy llena de espanto.

–Yo más bien creo que estás llena de pena. Quedas perdonada y tu única penitencia será rezar un padre nuestro cuando estés ante el piquete. Es la única oración que puede aliviar ese trance.

Blanca acababa de confesarse cuando una de las trece, que nadie ha querido identificar, miró al sacerdote y dijo con voz rotunda:

–¡Hijo de perra!

–Pareces una endemoniada –murmuró don Valeriano.

–¡Hijo de puta! –dijo, matizando más, la que acababa de gritar–. ¿Se siente más en paz con Dios por haber confesado a una? ¿Cuáles pueden ser nuestros pecados, según su criterio? ¿Los deseos impuros? ¿Los pensamientos impuros? ¿Los actos impuros? Es para morirse de risa.

–¡Cierra la boca y deja de blasfemar! –rugió María Anselma mientras el capellán se marchaba con cara de enfado.

Un silencio agónico volvió a reinar en la sala. Las palabras del sacerdote habían ahuyentado al duende de la calma y casi lo había matado. ¿Por qué puerta volver a entrar en el bosque de la calma?

Se sintieron perdidas. Se escuchaban unas a otras sin oírse, se oían sin escucharse.

Hablaban todas a la vez, en un tono que tenía algo de salmodia, y entre todas conformaban un murmullo de colmena que crispaba a las guardianas. Bastaba con mirarlas para sentirse flotando en el jardín de la locura.

–¡Ya basta! –gritó María Anselma.

Todas se callaron a la vez y con una inmediatez extraña. Parecía una nueva fase del adiós, un nuevo movimiento dentro de un tiempo y un espacio tan adensados como ciegos. Ana dijo:

–Ahora me doy cuenta de que la vida es demasiado breve para arrepentirse.

–La nuestra, querrás decir... –susurró Virtudes.

–La nuestra, sí. Demasiado breve. Tan breve que yo no puedo arrepentirme de nada. Tendría que haber vivido más, mucho más, para poder hacerlo –dijo echándose las manos a la cabeza–. Tendría que haber vivido más.

Todas la miraron con asombro, y regresó el murmullo de colmena hasta que Virtudes escupió:

–Como me maten hoy, será terrible. Me condenarán a no morir nunca del todo. Porque nadie puede borrar de repente todo lo que guarda mi mente ahora mismo, nadie...

Todas parecían prestar atención a sus palabras menos Dionisia, que seguía con su bordado. Virtudes se acercó a ella furiosa y dijo:

–¿Por qué sigues bordando? Tus malditas mariposas me están diciendo que aceptas la muerte, que la esperas.

Dionisia, que no era la primera vez que se enfrentaba a las insolencias de Virtudes, la miró con ironía y dijo:

–Te equivocas. Mis mariposas no dicen nada, no esperan nada. Ni siquiera son mi última palabra.

–¿Y cuál es tu última palabra?

–No te la voy a decir, porque es una palabra que sólo tiene sentido para mí –contestó Dionisia.

Casi al mismo tiempo, María Anselma se acercó a ellas para decir:

–Como última gracia, se os va a conceder el favor de despediros por carta de vuestras familias. ¿Alguna necesita lápiz? –dijo mostrando varios lapiceros ya usados.

Las trece conformaron una nueva piña en el centro de la capilla y empezaron a escribir las cartas, con lápiz y en papel de seda. La enfermera de la directora habría de decir más tarde que parecían escolares haciendo sus deberes.

De cuantas misivas escribieron, breves, sencillas e impregnadas de tristeza, la que se popularizó enseguida fue la de Julia, quizá porque sus dos últimas frases, escritas bajo la firma y a modo de posdata, encerraban una paradoja, pues a la vez que exigía que no la llorasen, pedía, explícitamente, que su nombre no se borrase de la historia.

Concluido el rito de las cartas, hicieron un pequeño testamento en el que legaban a sus amigas los pocos objetos que iban a guardar hasta la hora de la muerte: un peine, un pañuelo, un lápiz, un cuaderno, unas horquillas, una cajita china llena de hilos, un sujetador...

Y de pronto, volvieron a sentirse solas ante una situación que la conciencia se resistía a aceptar y que sin embargo aceptaba. No había nada más aplastante y que paralizase más la voluntad. Para Elena fue como entrar en un jardín de árboles tan fantasmales que semejaban humo. Ahora el bosque que veía era de árboles de humo y agua, parecidos a géiseres.

–Veo árboles de humo y agua –dijo.

–Ésta ya está en el paraíso –añadió Joaquina.

–No es el paraíso. Los árboles son de agua hirviendo.

–¿Entonces es el infierno? –preguntó Dionisia, que había vuelto a su bordado y que ya casi lo tenía concluido.

–Tampoco. Nő hay condenados, no hay fuego. Es un paraje desierto... Parece del norte. Igual estuve allí en otra vida.

–A mí también me gustaría poder hacer un viaje a Islandia en este momento. Sería todo un alivio con el maldito calor que hace –dijo Joaquina–, pero resulta que no me puedo escapar de esta capilla aunque quiera. Es el problema de haber tendido siempre al realismo. No hay manera de escapar de la realidad. ¡Y eso sí que es una condena!

Ana le dio la razón. Fue entonces cuando Verónica Carranza, que llevaba un rato fuera, regresó a la capilla, acompañada de su enfermera.

Se la veía más frágil, en realidad más partida, y todo en su expresión manifestaba que estaba viviendo una noche sofocante.

Tras su nombramiento, era la primera vez que sentía que se le estaba escapando la situación y temía que le fallase el corazón más que otras veces. Le daba miedo mirar a Ana y a Virtudes. Quizá su belleza estaba alcanzando entonces su mejor momento, como la de algunas de sus compañeras. Sus rostros se había matizado bruscamente. Era como si ya tuviesen treinta años. Era como si conciencias de treinta años se hubiesen asentado definitivamente en cuerpos de veinte, dándoles ese aire tan subyugante.

Mirarlas a las dos equivalía a preguntarse qué podía ser la belleza. Quizá no bastaba con un cuerpo hermoso para encarnarla hasta ese grado en que se convertía en sustancia absolutamente emocionante. ¿Había que cargarla con un contenido demencial para que de verdad arrebatara?, se preguntó, con terror, Verónica Carranza.

–Nunca te había visto tan guapa y nunca tu cara me había conmovido tanto. Estás preciosa –dijo el Ruso.

–Tú también estás muy guapo.

–¿Recuerdas la última vez?

Soledad asintió antes de añadir:

–Cuando nos despedimos en la estación, tuve un mal presentimiento. Pensaba que no iba a volver a verte. He soñado muchas noches que te mataban.

–También yo he tenido pesadillas contigo. Soñaba que te torturaban, que te violaban, que te enterraban en un descampado... Horrible...

Se besaron de nuevo. Unos temblaban ante la inminencia de la desgracia y otros festejaban el triunfo de la carne tras una larga y penosa abstinencia. Todo cabía en la inmensa panza de la noche, los gritos de dolor y los gemidos de placer, las muertes y los nacimientos.

Soledad volvió a ablandarse por dentro y una vez más empezó a atraerlo hacia su centro. Él mordisqueó su cuello y sus pechos. Desde su cuarto, ubicado junto al vestíbulo, Suso volvió a oír gemidos.

Muma

Martina se miró el rostro en el pequeño espejo redondo que llevaba con ella. Era un recuerdo de París y sobre el latón que quería parecer plata se veía la torre Eiffel y un dirigible. Martina no se reconocía. Le daba la impresión de que habían aumentado sus pecas. Nuevas constelaciones de pecas habían surgido en todos los lugares de su rostro. Mirarlo era lo mismo que adentrarse en un territorio desconocido. Entonces le pareció que estaba viendo el rostro de una muerta y guardó el espejo.

A su lado, Dionisia estaba dando las últimas puntadas a las mariposas de sus zapatillas. Hasta entonces, Dionisia había caído en el síndrome de Penélope, y hasta había llegado a pensar que no las iban a llamar mientras no acabase su bordado, de forma que en más de una ocasión había deshecho lo ya hecho, pero una ráfaga fría cruzó su mente y decidió rematar las mariposas. Algo más allá se habían sentado, sobre el mismo reclinatorio, Elena y Luisa, muy cerca de Carmen.

–Ilusa de mí. Alguna vez creí que a mí me iba a matar mi propio corazón... Si llego a saber que me iban a matar las balas, me muero antes –comentó Carmen, y se echó a reír.

Pilar, que había permanecido un buen rato seria y rígida, la secundó en la risa. Ana y Joaquina lo hicieron inmediatamente después, y tras ellas todas las demás.

De la risa fueron pasando al llanto. A Ana le dio la impresión de que el barco estaba naufragando y de que cundía la desesperación. Blanca, Carmen y Pilar tenían la misma impresión. Junto a Ana se encontraba ahora la Muda, que miraba a sus compañeras con angustia.

–Me parece que no sabéis lo que es la muerte –murmuró.

Todas la miraron con asombro. Julia comentó:

–Claro que lo sabemos, Luisa, pero no hay que dejarse arrastrar por esa corriente hasta el final, cuando la muerte sea lo único que nos quede por pensar.

Ana, que escuchaba con mucha atención la conversación, dijo:

–Sé cuál es el secreto... Lo he adivinado gracias a Elena...

–¿A qué secreto te refieres?

–Al de la muerte. Hay que saltar un instante antes de que llegue la descarga. Huir de tu piel, salir de ti misma, y ni siquiera en ese momento pensar que estás desapareciendo...

Victoria empezó a sudar y dio la impresión de que se desvanecía. Luisa, que llevaba un rato conteniendo la ira, empezó a gritar:

–¡Imbéciles! Sois todas unas imbéciles. No es lástima lo que siento por vosotras, es desprecio.

–Pero ¿qué dices? Empiezo a entender por qué no querías abrir la boca... –murmuró Ana.

–Mira quién habló... Eres guapa, Ana, pero alguien te heló el alma, y pareces una alelada con buena voluntad, igual que las que te acompañan. ¡Esta noche no habéis dicho más que sandeces! –rugió la Muda–. ¡Sólo sandeces!

El calor de Luisa empezó a propagarse por todas y daba la impresión de que Victoria y Martina estaban a punto de gritar. Luisa prosiguió:

–¡Ya no se trata de hacerse preguntas sobre el destino y otras majaderías! Al final vamos a tener que gritar ¡benditos los asesinos, los violadores, los torturadores, los traidores, los delatores, los arribistas, porque gracias a su presencia y su insistencia podemos distinguir a las almas buenas, a la gente honrada, a la buena gente que sostiene con su paciencia el mundo! Dios, cómo aborrezco vuestro patetismo, vuestra miseria... Parecéis niñas con el cerebro infectado por toda clase de pensamientos de pacotilla.

–¿Y dónde ves tú la salida a tanta idiotez? –le preguntó Ana, ofendida.

–No hay salida, necia, no la hay... Pero tampoco hay salida en la resignación... Todo eso que acabas de decir sobre el fusilamiento es resignación. ¿Por qué hay que prepararse para morir?

–¿A dónde quieres ir a parar?

–¿No lo adivinas?

–No.

–Si nos van a matar, y yo ya no lo dudo, podíamos acabar con esas fétidas –dijo Luisa en voz baja, señalando a las guardianas y a la directora–. Ahora no os hablo de odios abstractos, os hablo de odios muy concretos. Verónica Carranza, María Anselma, Zulema Fernán...

–La Muda tiene razón –dijo de pronto Virtudes.

La confusión estaba llegando al paroxismo y la locura corría el peligro de propagarse entre las trece cuando Carmen se adelantó a todas y exclamó:

–¡Un poco de serenidad, malditas!

Todas la miraron. Blanca dijo:

–Impón un poco de orden o no va a hacer falta que nos conduzcan al paredón, porque nos habremos estrangulado antes unas a otras.

–Nos llevan como a corderos... –murmuró Virtudes, a punto de sollozar.

–La ira no nos va a salvar, Virtudes –dijo Carmen–. Nos va a salvar la fuerza, la voluntad, la decisión de seguir viviendo...

–¿Nos va a salvar? ¿De qué salvación hablas? –preguntó Pilar.

–Digo que en el caso de que pueda ser posible la salvación, no llegará de la mano de la rabia. El fuego que necesitamos es otro... –insistió Carmen.

–Juraría que estás hablando del fuego de Dios. ¿Ya te sientes en paz con él? –murmuró Joaquina.

–No creo que Dios exija la paz con él. Pero, ya que lo preguntas, contestaré. No me refiero al fuego de Dios. Hablo solamente del fuego de la vida que todavía tenemos, y hablo de mirar de frente a los hombres del piquete, de arrojarles a la cara ese fuego contenido para que les sirva de poco haberse taponado los oídos... –sentenció Carmen.

Volvió el silencio y se abrió la puerta. Era la hora de partir y un mismo estremecimiento fue recorriendo los trece cuerpos. Ana, que había empezado a sentirse en otra parte, se giró y preguntó a sus compañeras si llevaba las costuras de las medias derechas.

–Ni trazadas con regla –le dijo Julia.

Fue entonces cuando Virtudes pidió que la fusilasen junto a su novio. Victoria, que se hallaba a su lado, pidió que la ejecutasen junto a su hermano y Blanca junto a su marido. La directora pareció asentir y las tres se miraron con regocijo, como si se les hubiesen abierto de otra forma las puertas de la muerte.

Cuentan las presas que las pudieron ver desde las ventanas que parecían tranquilas, que ya había trajín en la calle y que la Guardia Civil se veía obligada a desviar el trayecto de los carros de leche para permitir el paso del camión. Sólo la Muda parecía intranquila y sólo ella murmuraba:

–Cobardes, sois unas cobardes...

Ana, que iba junto a ella, estiró levemente una de sus medias.

–¿Puedo saber por qué estás tan pendiente de tus medias? –le espetó la Muda.

Ana se giró hacia ella con rabia.

–Quiero llevar mi angustia bien recta, y eso empieza por los pies y acaba en la cabeza.

–¡Silencio! –gritó María Anselma.

Muma, que se hallaba entre la gente, el camión y los carromatos, llevaba un rato observando a las penadas y le parecía que todas llevaban tallada en la cara la marca de la desgracia. Las conocía a todas, especialmente a las de Cuatro Caminos. Conocía a Ana por su olor, por sus cabellos rubios, por su silueta de gacela fantástica; y conocía a Avelina, y a Virtudes, y a Pilar, y a Martina... A todas las había visto y las había olido y las había admirado con esa rara manera, cauta y cínica, con que saben admirar los perros. Pero ahora Muma las notaba muy cambiadas y hasta creía que tenían otro olor, más agrio, quizá, y más desalentador.

De pronto Muma se acordó de los disparos que se oían todas las madrugadas y supo que iban a morir. Fue entonces cuando se acercó a Avelina y le dio un lengüetazo en la pierna. La Mulata le hizo un gesto indicándole que se fuera de allí. Pero Muma no le hizo caso y aún le dio otro lengüetazo a Pilar.

–Mirad –dijo Pilar–. Mi novio ha venido a despedirse.

Todas se echaron a reír. Los guardias, que habían visto el perro pero no el lengüetazo, las miraron algo desconcertados y les ordenaron subir al camión.

IV
La noche de las dos lunas

María Anselma

Mientras las penadas permanecieron en capilla, casi todos los familiares de las muchachas que tenían algún recurso se habían dirigido a Burgos para pedir clemencia. El hermano de Virtudes, por ejemplo, había salido para la ciudad castellana, según habría de referir más tarde la presidiaria Carmen Cuesta, pero la madre llevaba una eternidad con la oreja pegada al muro, creyendo que iba a ser capaz de distinguir los sollozos de su hija en medio del alud de ruidos que llegaban hasta sus tímpanos enloquecidos.

Por momentos, se hacía la ilusión de que Virtudes se hallaba justo al otro lado del muro y que podía escuchar su voz entrecortada. Entonces su respiración se aceleraba y cerraba los ojos.

Fue la primera en ver el camión. Al descubrir a Virtudes esposada junto a Julia, con su traje de chaqueta y sus ojos fulminantes, empezó a gritar:

–¡Asesinos! ¡Dejad a mi hija! ¡Asesinos!

El camión se puso en marcha y la mujer empezó a correr tras él. Virtudes prefería no mirarla y se cubría los ojos con una mano mientras se entregaba a las lágrimas. La mujer continuó corriendo, con toda la rabia, moviendo sus piernas y abrasando sus ojos, hasta que cayó de bruces y rodó por el camino polvoriento.

Fue entonces cuando la metieron dentro de la cárcel.

El cielo llevaba un rato clareando cuando Julián oyó el bramido de un vehículo. Se acercó a la ventana y vio el camión con las trece mujeres, los guardias y la monja.

Esa noche, Julián había sabido por la radio que los muertos de Talavera habían sido tres, y se preguntó si las penadas que acababa de ver no estarían en relación con su disparo y el de Raúl. Inmediatamente comenzó a ponerse uno de los trajes del padre de Soledad, que había tenido un cuerpo muy parecido al suyo. Soledad le oyó desde el otro cuarto y preguntó:

–¿Qué vas a hacer?

–Quiero ver con mis propios ojos lo que están haciendo. También quiero visitar a Damián.

–¡Por favor, no te vayas! –gritó Soledad.

Ya para entonces, Julián se hallaba junto a la puerta, que abrió suavemente, aunque no lo suficiente, ya que Suso se despertó y se acercó a la ventana, desde donde lo vio coger un sendero paralelo a la carretera.

El camión retumba... No, es la cabeza la que retumba, es el pensamiento. La necesidad que tiene el cuerpo de sentirlo todo hasta el límite hace que sus márgenes se desborden.

El temblor del camión, del polvo que se eleva, de las hojas de los árboles, del aire, es el mismo temblor que el de las trece condenadas, que las recorre de la cabeza a los pies.

Hay conciencia de lo que ocurre pero se pierde la conciencia de lo que nos constituye. En parte por eso el cuerpo se vuelve más etéreo para la conciencia, al haberse disuelto sus fronteras.

El breve viaje hasta el cementerio adquirió una densidad que parecía cerrarse en sí misma, y ya quería ser un viaje hacia atrás... Era un viaje hacia atrás.

Dentro del tiempo, constituyendo su mismo núcleo, aparecía la posibilidad, en cada décima de segundo, de viajar por muy amplias moradas del pasado, percibidas en todos sus detalles, que desaparecían en un instante para dejar paso a otras más vastas.

Pero de pronto el vehículo se detenía y aparecían las cruces. Un valle de cruces en un lugar donde aún flotaban las vidas recién fulminadas de los cuarenta y tres hombres que acababan de fusilar.

La monja fue la primera en descender y, con paso casi marcial, se acercó al médico militar y a su secretario, que se encargaría de certificar la ejecución. A cierta distancia de ellos se hallaban los guardias del piquete, junto a un furgón lleno de ataúdes.

Al ver los preparativos, María Anselma empezó a arder por dentro, con un fuego sin luz de naturaleza espiritual. Ahora vivía sin vivir en ella, sentía sin sentir en ella: estaba fuera de sí.

Siempre le pasaba lo mismo cuando sabía que iban a matar a hembras jóvenes, de carnes prietas y tersas. De pronto estaban vivas, de pronto estaban muertas. Bastaba con que Dios dejase caer sus párpados llenos de galaxias.

Los pensamientos de María Anselma se elevaban cada vez más cuando Avelina empezó a vomitar. No había cenado y echaba sólo bilis, una bilis concentrada que quemaba la garganta y cuyo ardor agradecía, pues le permitía olvidarse por un instante de lo que la esperaba.

Iban todas rodeando el muro del cementerio cuando María Anselma se fijó en Virtudes. El traje ajustado se plegaba a sus muslos duros y elegantes, insinuando a contraluz una desnudez amable y tan definitiva como los pasos que estaba dando hacia el paredón.

Pero no todas daban esa impresión de inverosímil entereza tras haber sudado sangre en otros momentos de la noche. Elena y Luisa caminaban de forma errática y parecían dos mujeres de ninguna parte caminando hacia ninguna parte en el absurdo amanecer.

Junto a ellas, Ana seguía enderezando las costuras de las medias, Joaquina iba mirando al suelo y Avelina temblaba al caminar, en medio de las trece, como si sólo acompasando su paso al de las demás fuera capaz de seguir. Martina tenía un aire cada vez más ausente, tan ausente como Victoria, que caminaba junto a ella. Más atrás iban Julia, con la cara helada, Carmen, que llevaba la pesadumbre en la mirada, Dionisia, con su vestido de seda y sus zapatillas recién estrenadas, y Blanca, que parecía ir murmurando alguna oración.

Ya se hallaban cerca del rincón de las ejecuciones cuando Blanca, Virtudes y Victoria notaron olor a pólvora y, al fijarse en las manchas de sangre fresca que había en el suelo, comprendieron que ya no iban a morir con sus hombres.

–Pero ¿los han fusilado ya? –gritó Virtudes.

–¡Y qué esperabas, alma de Dios! –respondió la religiosa.

No sólo ellas, también las otras acusaron un cambio de ánimo. Como desde la capilla no se oían las ráfagas, todas habían creído hasta ese momento que las iban a fusilar junto a los muchachos, en una especie de hecatombe sin precedentes, y que los cincuenta y seis morirían prácticamente a la vez. Al advertir que no iba a ser así, las trece se sintieron más solas ante la muerte.

Antes de que las colocaran en fila, y mientras los guardias ponían a punto sus armas, volvieron a formar una piña y estuvieron hablando entrecortada y enloquecidamente, como si fuesen voces sin cuerpo.

–Ahora recuerdo que me regalaron de niña dos zapatillas con mariposas bordadas. Eran mariposas negras. Yo no quería ponerme aquellas zapatillas...

–Tenía cinco años cuando estuve a punto de ahogarme. Entonces la muerte era una señora vestida de negro. Yo la vi bajo el agua; venía a buscarme y me llamaba putilla.

–Lo que daría yo por estar ahora en el jardín de piedras.

–Pienso en mi madre. ¿Estará dormida? No, seguro que está despierta, muriendo mi propia muerte.

–¿Tenéis un espejo? Quiero ver mis ojos.

–Si ahora tuviera una pistola, me mataría. Sería la dueña de mi muerte. No quiero que nadie conquiste mi muerte. Es cosa mía, Dios mío, es cosa mía...

–No nos van a matar, repito, nos van a borrar.

–Calla, por favor. Estaba pensando en papá, cuando me llevaba a pescar...

–Me gustaría estar borracha, mortalmente borracha, con la mente en un hoyo negro.

–Yo no la tengo en otro sitio desde que me detuvieron.

–Me da miedo el paso, mucho miedo. Cuando ya no podamos resistir y empecemos a ceder, a ceder...

–Debe de ser la peor fase.

–Debe de ser la locura, que estalla en un instante y para siempre. ¿Y mi hijo?

No mucho después, ya se hallaban todas formando una hilera ante el paredón. La que más destacaba era Avelina, que se hallaba en el centro y que seguía sin mirar hacia el piquete.

Si de verdad mi padre está en el pelotón, tendrá un poco de piedad y apuntará muy bien al corazón. Que no sea cobarde y que se encargue de mí, pensaba, con los ojos cerrados, mientras intentaba evadirse del momento concentrándose en la cara de Benjamín. No soportaba imaginar a su padre matando a Blanca, a Virtudes, a Julia... No soportaba que su muerte tuviese que ser más dura y más tétrica que las otras. Pero ¿por qué sufro?, se preguntó, si el balazo en la frente ya me lo dieron y lo que estoy sintiendo es sólo el residuo de una pesadilla que tuve hace tiempo.

En cambio Victoria pensaba en su madre. Demasiadas muertes en la familia... Luego se centró en sí misma y cerró los ojos. Se perdía, como en el instante que precede al sueño, hasta que recordó a sus dos hermanos muertos.

Aún se hallaban en grupo, muy cerca del paredón, mientras los guardias seguían manipulando las armas.

Ana miró un instante el muro y pensó que había hechos de la vida que se vivían con más intensidad que las más intensas pesadillas. Muy cerca de ella, Julia notaba el temblor de Virtudes y finalmente le daba la razón. El indulto que ella secretamente había esperado hasta ese momento no iba a llegar. Tampoco se iba a tratar de un simulacro de fusilamiento. Las iban a matar. Ahora lo sabía y por eso se le había helado la sonrisa.

También se le había helado la sonrisa a Blanca, que no hacía más que pensar en su hijo. Quería creer en la vida eterna. Imaginaba que desde la otra vida podía convertirse en la guardiana de Quique. Pero de pronto le asaltaba la idea de la nada. Su hijo se quedaría a merced del mundo. Luego se acordó de su marido. Estaba muerto, lo sentía muerto. Pensó en la muerte y se preguntó si a la conciencia de estar viva le sucedería la conciencia de estar muerta.

Junto a ella Joaquina lloraba hacia dentro. No era autocompasión, tampoco era nostalgia de la vida, era rabia. La rabia de morir de una forma tan sucia. La rabia de perderlo todo de pronto. Pilar, que permanecía a su lado, parecía aún más ofendida. Su rostro tenía más densidad y sus ojos fijos estaban pidiendo a gritos el fin de la comedia. A su lado, Dionisia permanecía rígida, casi solemne, mirando hacia la nada.

En cambio Martina temblaba ligeramente y permanecía algo ladeada, mientras Elena y Luisa seguían muy juntas y algo encogidas. Podían parecer las más desvalidas, pero no pensaban en la descarga y daba la impresión de que se habían fugado del presente.

Junto a ellas, Carmen seguía inmóvil, pero sin rigidez, exhibiendo una seriedad extraña. Y mientras esperaba lo peor escuchaba su corazón. Los latidos eran más irregulares que nunca. Sintió que su corazón se paraba y que se paraba su respiración. El cuerpo seguía caliente, el cuerpo seguía vivo, pero no sentía los movimientos de la vida. Todo había sido muy rápido. Ya se hallaban frente al pelotón y no había tiempo para detenerse en un solo instante del pasado.

Oculto en la arboleda, Julián vio cómo las colocaban casi pegadas al muro. Eran las mismas que iban en el camión y tenía la impresión de que se trataba de una ejecución especial. Sintió el impulso de huir de allí, pero decidió quedarse.

Fue entonces cuando descubrió en medio del grupo a una pelirroja con la cara llena de pecas. ¿Por qué le resultaba tan conocida aquella cara, casi familiar? ¿La habría visto alguna vez por Madrid? Durante unos instantes, sus ojos permanecieron fijos en ella. La mirada de la muchacha se estrellaba contra un muro invisible, y tan pronto sus ojos parecían perdidos como hundidos hacia dentro. No quería mirar hacia el pelotón, y movía ansiosamente la cabeza. Daba la sensación de que el mundo, en su mortecina vastedad, le parecía una prisión.

Se hizo el silencio, y era un silencio sin pájaros donde el metal resonaba demasiado. Y de pronto, cuando más desesperaba por cruzar su mirada con la de la pelirroja, ella lo descubrió entre los pinos, y sus ojos se iluminaron.

Martina, que seguía con los ojos muy abiertos, apretó la mano de Victoria, sintiendo que se desvanecía. Fue entonces cuando un hombre del pelotón, que de tan moreno parecía mulato, se estrelló de bruces contra el suelo.

Dos guardias lo arrastraron fuera del piquete e intentaron reanimarlo. El oficial lo miró con rabia y escupió:

–Te libras de disparar porque ya no podemos demorar más la ejecución.

Enseguida el piquete volvió a recomponerse y el oficial gritó:

–¡Fuego!

Los proyectiles tocaron la carne y la atravesaron como seda que oscilara en el aire. Los cuerpos se elevaron ligeramente y luego cayeron a tierra crispados.

Ya estaban en el suelo, pero no estaban muertos, estaban viviendo los momentos más extremos de la vida. Acababa de empezar la batalla más definitiva de la conciencia.

Tras unos segundos de absoluta inmovilidad, Ana y Blanca comenzaron a agitarse. Seguían vivas, pero ignoraban hasta qué punto. Sus desconciertos chocaban, se cruzaban. Blanca notó su mano junto a otra mano, pero no recordaba de quién era. Sintió que una ráfaga de calor recorría todo su cuerpo y volvió a darse cuenta de que estaba viva, completamente viva. En la cárcel habían oído muchas veces que a los condenados que sobrevivían a la primera descarga se les eximía de la muerte. Con esperanza y con terror, Blanca gritó:

–¡María Anselma, estoy viva!

La religiosa ni siquiera se acercó, limitándose a hacer una indicación a uno de los guardias, que llevaba una pistola en la mano. Cuando Blanca vio que el guardia caminaba hacia ella, supo que no iba a haber clemencia. Un instante después, recibía un tiro en la cabeza.

Ana, que oyó el disparo, trató de incorporarse. No sabía qué pasaba, pero era consciente de que seguía viva y junto a una mujer que ya no se movía.

–¿A mí no me matan? –gritó.

María Anselma se acercó a ella y volvió a hacerle una indicación al guardia, que se fue aproximando con la pistola.

El guardia estaba a punto de disparar cuando Ana miró a María Anselma desde el suelo y dijo entre dientes:

–Yo sé que hay cosas peores que la muerte.

El guardia disparó. Ana se olvidó por completo de María Anselma. Ni le habían disparado, ni había estado en la cárcel, ni la habían detenido.

–¡Otra! –dijo María Anselma.

El guardia volvió a disparar y entonces se sintió morir. Enormes vacíos se abrieron en ella, por detrás de la niebla que creaba el dolor. Un dolor que sobrepasaba la cabeza y que no reconocía los límites del cráneo, un dolor sin dimensión y al mismo tiempo muy concreto, sobre la línea misma de lo tolerable, sobre la línea misma de lo concebible. Ya no se movía pero en su cuerpo hervía toda la existencia. María Anselma se arrodilló ante ella y mientras la tocaba empezó a gimotear.

–Pero Ana, mira que eras terca, la más terca de todas, hasta para morir, la más terca.

Luego, en voz muy baja, como si quisiera que sólo la oyera el cadáver, musitó:

–¿Ya ves qué cuerpo tenías? ¿Y los pechos? ¿Ya los ves, desgraciada, ya los ves? Eran como dos manzanas verdes que querían crecer y no se atrevían, como dijo una vez Zulema, que te quería, y más de lo que piensas, que te adoraba. ¿Y ahora qué? ¿Dónde están esos ojos que parecían dos luces que querían fugarse de sus cuencas? ¿Dónde? Ya los veo, están abiertos como los de un despeñado, ya los veo, Ana, y me espantan, y me espantan... Pero yo no hice la lista, te lo juro, Ana, te lo juro. Ah, si no te hubieses hecho notar tanto... Pero, claro, tú te hacías notar aunque no quisieras. ¿Dónde están tus ojos, Ana, dónde está tu orgullo?

El oficial, que llevaba unos segundos observándola, empezaba a estar harto de aquel teatro y se acercó a ella.

–¿Está usted en su sano juicio? –gritó.

María Anselma se incorporó algo avergonzada y dejó que los guardias, que ya habían empezado a meter los cuerpos en las cajas, hiciesen su trabajo.

María

La misma mañana de la ejecución María, hermana de Dionisia, y otros familiares de las trece condenadas se presentaron en la cárcel para solicitar el aplazamiento de la sentencia. Pero en la cárcel les dijeron que ya estaban muertas y tomaron la carretera del cementerio con la esperanza de poder ver los cadáveres.

Al llegar al camposanto, no vieron a nadie a la entrada y cruzaron la columnata como almas en pena. Luego atravesaron el Jardín del Recuerdo y tampoco allí vieron a nadie. Sólo los árboles frondosos, grandes y bien nutridos por la muerte, pudieron observar cómo torcían hacia la izquierda y, antes de llegar a la capilla, rodeaban un edificio de ladrillo rojo y se adentraban en un pasadizo, donde se perdieron de vista. Después pasaron bajo un arco y cruzaron un corredor que concluía en una puerta negra sobre un muro ocre. Era la del depósito. La empujaron y se toparon de frente con las cajas abiertas, mostrando los cadáveres.

Unos empezaron a sollozar, otros a gemir, otros a temblar, otros a vomitar. María sentía que se le nublaba el mundo. No sabía cuántas muertas había. Le parecían muchas y todas iguales.

Se veían los impactos en los pechos y en las sienes, se veían los ojos abismados, y se veían las bocas, crispadas, detenidas en un último movimiento de interrogación sin respuesta.

No mostraban la última cara de la vida, mostraban la última cara de la sorpresa, que aún no había podido asentarse en la muerte por no haber tenido tiempo para hacerlo. Una sorpresa todavía viva en caras que llevaban un rato muertas y que ya estaban frías.

María tardó en encontrar a su hermana. Cuando al fin la halló, le conmovieron las zapatillas, de las que Dionisia le había hablado en una carta, y permaneció un rato ante ella, con los ojos fijos en las mariposas. Hasta que llegó don Valeriano y les obligó a salir a gritos.

Le costó que abandonasen el depósito, pero al fin lo consiguió y se quedó solo ante los cadáveres, escuchando su propia respiración.

Don Valeriano sintió que se desvanecía y se apoyó en la caja de Ana. Miró sus ojos e intentó cerrarlos. No pudo y se apartó de la caja.

Luego caminó torpemente hasta la puerta, se apoyó en ella y contempló las trece caras. Parecían máscaras griegas, cobrando vida en la penumbra. Si estaban gritando, gritaban al vacío. Quizá Dios sólo era un inmenso vacío en el que descansar, una inmensa pérdida, una inmensa tiniebla, pensó, y hundió la mano en el bolsillo en busca de tabaco.

Damián continuaba mirando por la ventana cuando sonó el silbato de Anastasia, la enfermera.

Era la hora del paseo matinal y Damián caminó hacia el vestíbulo, donde ya se hallaban más de treinta enfermos con la enfermera y los loqueros.

El Ruso lo sabía y llevaba un rato oculto entre los árboles que rodeaban las cascadas, recordando a la mujer de las pecas, cuya última mirada se le había clavado en el alma. Seguía pensando en ella, cuando vio aparecer la procesión de alienados, custodiados por la enfermera y los loqueros.

Para los locos debía de ser el mejor momento del día, y parecían contentos. Algunos bajaron casi corriendo la cuesta y se detuvieron ante una charca que al parecer les fascinaba y cuyas aguas dejaban ver un fondo de cantos rodados, hojas y ramas podridas.

Damián fue de los que se quedó hipnotizado ante la charca y un loquero tuvo que arrastrarlo para que siguiera adelante. Ya habían llegado a las arboledas de la fuente cuando Damián volvió a quedarse atrás.

Fue entonces cuando Julián lo llamó. Damián se dio la vuelta y, al ver a su hermano, se iluminaron sus ojos:

–¿No estabas muerto?

–Habla más bajo... ¿Quién te dijo que estaba muerto?

–Lo pensé yo... Como desapareciste...

–He estado en la guerra, Damián.

–¿Qué guerra?

–Verás...

–Ah, ya sé –exclamó Damián–. ¡Te refieres a la guerra de la película!

–¿De qué película me hablas?

–De la que veo todos los días por la ventana... ¿Tú también actúas?

–¿Dónde?

–En la película. ¿Tú también actúas? –insistió.

Julián movió con paciencia la cabeza.

–Sí, yo también –acabó diciendo.

–¿Y te han dado un buen papel?

–No me quejo: está lleno de acción.

–No puedo decir lo mismo.

Julián empezó a desesperarse. Por lo que podía comprobar, la razón de Damián se había deteriorado tanto que ya era imposible hablar con él. De pronto creyó oír un chasquido tras él y le dijo a su hermano:

–Ahora tengo que irme. Volveremos a vernos.

–¿Cuándo?

–Un día de éstos... Pero no debes decir a nadie que me has visto. ¿Me oyes?

–Sí, a nadie. Te lo juro.

–¡Damián! –gritó desde detrás de los árboles la enfermera.

Los hermanos se abrazaron con precipitación y Julián corrió hacia el interior de la arboleda, donde se ocultó.

Damián continuó su camino hasta lo alto de la colina, donde le estaban esperando Anastasia, los dos loqueros y los locos.

Anastasia les dio a todos un trozo de pan y otro de chocolate y fueron sentándose bajo la copa del haya que crecía junto a un estanque.

Ya se hallaban todos comiendo cuando Anastasia se acercó a la pendiente y vio a un hombre que se le antojó sospechoso pues parecía estar ocultándose tras un pino. Entonces recordó que andaban buscando a un miliciano por la zona y corrió hasta la cárcel para avisar a la policía.

Julián se hallaba sentado tras la maleza que crecía en torno al agua y se sentía aturdido y cansado. Pensó que no tenía que haber salido de casa, y descubrió con alivio que llevaba su pistola.

Creyó oír ruidos de pasos, giró la cabeza y vio a dos guardias deslizándose entre los árboles. Entonces echó a correr.

Los guardias empezaron a disparar mientras Julián intentaba alcanzar el final de la arboleda moviéndose en zigzag. Creía estar a punto de lograr su objetivo cuando vio venir de frente a un hombre que llevaba una pistola en la mano y que disparó a la vez que él.

El Pálido

Para Julián todo empezó a precipitarse hacia atrás... Era como ver una película hacia atrás, siempre hacia atrás... La bala que había recibido invertía su trayectoria y regresaba al arma de la que había surgido. Él se incorporaba y corría hacia atrás, al igual que los guardias. Los pájaros también volaban hacia atrás, las hojas amarillas de los chopos regresaban desde el suelo a las ramas, y las cascadas de la fuente del Berro ascendían en lugar de descender. Lo mismo ocurría con el fusilamiento de las muchachas. El plomo de sus entrañas regresaba a las armas y las chicas se levantaban del suelo y se dirigían al camión, que las volvía a llevar a la cárcel hacia atrás y con igual pericia que cuando avanzaban.

También él regresaba a casa corriendo hacia atrás entre las huertas, y subía de espaldas las escaleras y volvía a abrazar a Soledad, que ahora tenía pecas, y que hablando hacia atrás le decía:

—Oìrf ed èrirom em sazarba em on is...

Adriano Roux acababa de llegar a la fuente con su capa y un traje nuevo. Encendió un puro. Acostumbra a hacerlo siempre que se halla ante un cadáver. Era como quemar hierbas aromáticas ante el difunto.

Ráfagas de viento cálido rasgaban a intervalos la arboleda y agitaban la capa del funcionario y los cabellos del muerto que yacía en el suelo.

El Pálido sacó del bolsillo de su americana una pistola e indicó el cadáver.

—Es uno de los hombres que buscábamos. Basta con observar las huellas que deja el percutor, idénticas a las que he visto en una de las balas que quedaron incrustadas en el asiento del vehículo.

—¿Y qué podía estar haciendo aquí? —preguntó Cardinal.

—Quizás estaba explorando el terreno...

—¿Para qué?

El Pálido se encogió de hombros.

—Para asaltar algún camión de presos...

—¿A tanto llega su imaginación? —preguntó Roux.

El Pálido asentió con ironía y Roux miró al muerto con inquietud.

—Siempre aparecen culpables cuando menos los necesitamos... Y lo curioso es que esta vez no queremos culpables concretos. No hay que pensar que este don nadie ha podido matar al comandante. Hay que pensar que Isaac Gabaldón es la última víctima de todos los que aún se niegan a aceptar los hechos. Hay que extender la culpa, hay que esparcirla para que quepan más en su radio de acción. Es la última consigna —dijo, con energía, Roux—. Por lo demás, yo sólo he venido para mediar entre Dios y los hombres y, hablando en cristiano, les diré una cosa: a éste había que matarlo, eso por supuesto, pero, al mismo tiempo, su cadáver no le interesa en este momento a nadie.

—Lo sé.

Roux ordenó que girasen un poco el rostro del muerto. Cardinal y el Pálido obedecieron y el comisario pudo examinar mejor su cara.

—Se le ha quedado sonrisa de cretino —dijo el Pálido.

—Más bien de crispación —musitó Cardinal.

Roux negó con la cabeza.

—De rabia —concluyó—. Tenía buenos músculos, parecía ágil. Un animal preparado para sobrevivir...

—Y preparado para matar —añadió el Pálido.

—Bien, bien —musitó Roux—, informen debidamente de su muerte, pero sólo de su muerte. Ignoren su posible relación con los hechos de Talavera, y no olviden, señores, que las órdenes proceden del más alto nivel. Dicho lo cual, me limito a plantear una última cuestión: ¿tienen alguna duda o alguna objeción que formular respecto al contenido y al destino de cuanto acabamos de decir?

—No —dijo el Pálido con desgana, como si tuviese sueño.

Roux esbozó una mueca agria, tiró el puro y caminó con Cardinal hacia el automóvil que los aguardaba al otro lado de la arboleda.

El Pálido se quedó solo, escuchando el rumor del agua. Le asombraba pensar que era la primera vez que se hallaba en aquel lugar, del que le habían hablado tantas veces y que tantas veces había querido visitar. Las hayas y las cascadas tenían el encanto de una estampa dieciochesca y permitían evocar lo que habían sido en otro tiempo algunas periferias campestres de Madrid.

El Pálido arrojó el cigarrillo a la fuente y respiró hondo. Olía a flores abrasadas, como en el cementerio, y todo parecía en calma, también la fuente, a pesar de su agitación. Su movimiento, en la medida en que se repetía incesantemente a sí mismo, terminaba resultando algo muy parecido a la inmovilidad.

Volvió a observar el cadáver y se preguntó en qué momento la muerte había empezado a tener para él otro sentido. Quizá todo empezaba cuando matabas por primera vez, pensó, o cuando, por primera vez, ordenabas matar. Había un silencio de hielo en la conciencia. La muerte acontecía, el cadáver estaba en el suelo, y nada más. Cuando tocabas esa realidad, sentías a la vez asombro y decepción, y los sentimientos se configuraban de otra manera, en cierto modo se partían: aquí la zona de luz, aquí la zona sombría.

El Pálido miró de nuevo la cara del muerto y recordó el momento del disparo. Se había volcado tanto hacia Julián y estaba tan seguro de sus movimientos que, por un instante, había creído que el disparo atravesaba su frente en lugar de la del miliciano. Por eso, al ver a su rival abatido, había sentido alivio y terror a un tiempo.

Miró una vez más el cadáver y meneó la cabeza. ¿Qué estaba contemplando? ¿Una presencia ausente o una ausencia presente? El miliciano seguía allí, aunque muerto. No había cambiado nada, y tampoco se podía decir que en aquel cuerpo ya no hubiese vida; la había, miles de organismos estaban apareciendo en él: la vida seguía bullendo en el cuerpo que yacía en el suelo, y sólo se podía decir que se había desplazado y multiplicado.

Apartó la mirada del muerto y contempló la arboleda. ¿Qué edad podían tener aquellas hayas tan serenas y tan robustas que crecían alrededor del agua? ¿Un siglo, dos? Muchas vidas y muchas muertes habrían pasado bajo sus copas, como las hojas que desprendían ya en agosto y que ahora crujían bajo sus pies.

El Pálido empezó a sentir dolor de cabeza y decidió irse de allí. En el fondo, nada le resultaba más vertiginoso que la impasibilidad de la naturaleza. En aquel rincón de la floresta había muerto un hombre, pero el agua no iba a cambiar su curso por eso, ni los árboles iban a inclinarse más.

Todo seguía igual bajo el cielo.

Desde hacía horas Suso andaba buscando el rastro de Julián y al fin había creído hallarlo.

Procurando no ser visto, entró en el cementerio y lo cruzó de parte a parte sin encontrar lo que buscaba. Desesperado, se fue caminando hasta la fuente del Berro. Desde allí lo vio, tendido en la hierba. A su lado se hallaban varios cuervos, y no se les veían buenas intenciones. Así que los espantó y se arrodilló ante el cadáver.

–¡Julián! –gritó tocando su mano. Pero Julián no respondió.

Oyó ruidos que llegaban desde el otro lado de la arboleda y corrió por los descampados hasta su casa.

—¿Qué ha pasado? —gritó su hermana al verlo llegar.

—Han matado a Julián.

Soledad se derrumbó sobre una silla y se quedó inmóvil, mirando hacia la calle mientras su hermano sollozaba.

Esa noche, Damián no puede conciliar el sueño y permanece sentado sobre la cama, viendo el discurrir de la luna tras la ventana, en la sofocante madrugada de verano. Ha pasado un rato pensando en su hermano, al que ha visto morir desde la atalaya de la fuente, media hora después de encontrarse con él en la arboleda. Julián parecía que esquivaba las balas, hasta que lo acorralaban al final de la chopera. No sólo salía en la película sino que además moría, rodeado de guardias civiles.

Damián envidia una vez más el papel de Julián y se pregunta si su muerte es cierta y si aquello, además de ser una película, es la realidad.

Vuelve a recordar el tiroteo de la chopera y admite que hacía tiempo que no veía escenas tan emocionantes. Desde el paredón vuelven a llegar sonidos de disparos mezclados con los versos de la canción que canta la niña en el otro pabellón y que habla de la verde oliva y de un pícaro moro que cautivó a mil cautivas.

Damián está a punto de dormirse cuando la niña empieza a canturrear:

—*El pícaro moro/ que las cautivó/ abrió una mazmorra,/ abrió una mazmorra, abrió una mazmorra,/ abrió una mazmorra,/ abrió una mazmorra...*

—*¡Y allí las metió!* —ruge una vez más Damián.

La niña se calla y Damián se va durmiendo poco a poco, sintiendo que se adentra en el espíritu de la noche, en su cálida placenta, en su cálido infierno.

Juan y Quique

María Anselma se halla sola en su cuarto, en un presente absoluto, que no se desplaza ni hacia delante ni hacia atrás, arrodillada ante las piernas de Cristo, ante las hermosas piernas de Cristo, que de tan estilizadas parecen femeninas. Mira las piernas y recuerda los fusilamientos.

El éxtasis deriva hacia el vértigo. Estaban las trece inmensamente vivas, y de pronto sólo son fantasmas de la mente. Deja que la idea de la muerte la inunde. Quiere estar llena de muerte, de toda la muerte, de toda la fiebre. Siente que un aire frío acaricia su cuello, un aire de nieve, que se mete por debajo del camisón, que se enrosca entre sus piernas. Ay, Jesús mío, gime, ay, Jesús mío.

De pronto, es como si ascendiera a una oscuridad muy densa. Piensa en la noche oscura del alma, y recuerda a Virtudes cuando se alejaba por la columnata. Ay, Jesús mío, vuelve a gemir antes de desvanecerse. Cuando vuelve en sí ya ha amanecido.

Durante toda la mañana, María Anselma se siente transportada. Le ocurre desde que mataron a las trece. Siente que el duende de las trece se ha apoderado de ella, y tiende a creer que lo que le pasa está más allá de toda valoración. Algo de lo que en realidad no se puede hablar, pero ella habla y habla. La lengua se le desata y no lo puede evitar.

Una y otra vez cuenta a las menores la ejecución. Relatar lo sucedido, tal como ella lo ha vivido, trasforma su mirada y el tono de su voz. Las menores la escuchan aterradas. A veces le hacen preguntas y María Anselma contesta sin escatimar detalles, deteniéndose con morosidad poética en cada momento de la ejecución, y muy especialmente en el último, cuando Ana pidió que la mataran. María Anselma no se cansa de contar ese momento. Es como si hallase en él el sentido de su existencia, la justificación de todo el tiempo que lleva en la cárcel, esperando el milagro, esperando lo inesperado y, de pronto, lo inesperado llega, con la cara y los ojos de Ana, con la voz y las palabras de Ana. María Anselma no se lo puede creer y asegura, una y otra vez, que tras el último disparo los ojos de Ana parecían vivos, vivos y fijos en ella. Cuando llega a ese momento, María Anselma entra en trance y empieza a repetir, con voz quebrada, todo lo que le dijo a Ana antes de que se acercara el oficial.

Las menores la escuchan paralizadas. Blanco de todas las miradas, María Anselma estalla en sollozos. Las menores empiezan a temblar. Entonces María Anselma se incorpora y, por el gesto que hace, da la impresión de que quisiera bailar. Como si hubiese bebido, se acerca a una muchacha y le repite todo lo que le dijo a Ana. La muchacha, que no parece muy equilibrada, cae en un ataque de histeria y empieza a gritar. Consiguen calmarla. Consciente de la impresión que pueden producir sus palabras, María Anselma sonríe beatíficamente:

–No os hablo de ellas para aterrorizaros, os hablo para que sintáis lo mismo que yo sentí: el escalofrío. Os hablo para que os envuelva mejor su recuerdo –dice.

Don Valeriano la observa y piensa que ya no es la de antes y que ha empezado a mirar como una demente.

En parte porque ha estado en contacto continuo con la muerte, don Valeriano es un hombre frágil y acabado, y ese mismo mediodía padece un ataque de apoplejía. Cuando, dos horas después, despierta, sólo se acuerda de lo que Elena le ha dicho en la capilla y exclama una y otra vez: «¿Yo era el muerto que tenía que aparecer?». Pregunta a la que nadie contesta y que hace más desesperante su postración, pues tiene la certeza de que las bocas de los que están a punto de morir obran y se clavan en la conciencia de quien las escucha determinando profundamente su conducta. Sólo la oración servía, según él, para evadirse de las bocas que hablaban desde el corazón de la noche, y rezando le sorprendieron la hora añil y los tiros de gracia. Fue entonces cuando recordó algo que le había dicho un misionero que había estado mucho tiempo en la India y, mirando sus manos, que parecían de alabastro viejo, pensó que los que hacían de la muerte un hábito, hasta el punto de no notar ya su aliento fétido, o bien no habían nacido, o bien estaban muertos.

–¿Estoy muerto? –gritó.

Su hermana, que se hallaba junto a él, no respondió.

Al día siguiente Juan, uno de los hermanos de Ana, que aún estaba en edad de jugar, se acercó al cementerio en compañía de una vecina. En un barrizal junto al muro creyó ver las huellas de las trece. Se fijó especialmente en las de Ana y sus finos zapatos de tacón, y las fue siguiendo hasta que cesaron. Entonces empezó a correr como un loco, ansioso de hallar las huellas de nuevo. Mientras se deslizaba entre las tumbas derruidas y los nichos, Juan se creía avanzando por un páramo sin término.

Hacia cualquier parte que mirara se encontraba con la desolación. Y si miraba hacia el cielo, era peor: un sol eclipsado, que era el sol eclipsado de su mente, lo bañaba todo con su ardiente oscuridad, y al bajar la mirada ya no sabía dónde estaba.

Dejó atrás una hilera de tumbas, cruzó una puerta estrecha junto a la caseta del enterrador, y llegó finalmente al paredón. Su vecina, que iba tras él, le pidió que no corriera tanto. Juan no la oyó. Acababa de ver las huellas de las balas sobre los ladrillos rojos y las manchas de sangre en el suelo, y se entregó al llanto.

Cuando se hartó de llorar, regresó al interior del cementerio y preguntó a uno de los guardianes dónde habían enterrado a su hermana. Se lo dijeron. Juan cogió una madera que encontró en el suelo y escribió:

Aquí yace ANA,
muerta el 5 agosto de 1939,
viva en nuestro recuerdo.

Luego clavó la madera en tierra y permaneció un rato ante la tumba, hasta que le ordenaron marcharse.

Franco se hallaba en el jardín y acababa de tomar un café muy cargado. La bebida lo había espabilado en un momento en que todo su cuerpo buscaba el sueño, y el resultado era una extraña agitación que no cuadraba con su carácter.

Estaba solo, ante la mesa vacía de comensales, pero bostezó con comedimiento, como si se sintiese observado por instancias superiores. Fue entonces cuando llegó el asesor con los «enterados» de los fusilamientos del 5 de agosto.

Los cincuenta y seis ejecutados ya llevaban ocho días bajo tierra, pero lo cierto era que aún no se había dado el «visto bueno» que debía anteceder a las ejecuciones y sin el cual no podían llevarse a cabo. El general miró someramente los documentos y dijo al asesor:

—Fírmelos y envíelos a Madrid.

El asesor cogió los documentos y salió del jardín. De nuevo solo, el general se recostó sobre el sillón y cerró los ojos.

A la semana siguiente el hijo de Blanca pasó por la calle San Andrés y creyó oír el piano de su madre. Lleno de asombro, subió corriendo hasta su antigua casa, pensando que iba a encontrar a Blanca.

Llamó con desesperación a la puerta y abrió una mujer con aspecto de funcionaria.

—¿Qué quieres? —preguntó la mujer con voz neutra.

Quique la observó con los ojos muy abiertos, reventó en sollozos y huyó de allí, ante la mirada de desconcierto de la mujer.

Ya en la calle, Quique empezó a comprender la situación y decidió hacer pesquisas. Su familia no quería decirle que Blanca y Enrique estaban muertos, y como se había convertido en un niño muy decidido y quería saber la verdad, se presentó en el convento de las Salesas y preguntó por sus padres.

Un brigada de la Guardia Civil le contestó que habían sido fusilados. Luego añadió:

–Y si tú te has salvado es porque aún no tienes dieciséis años. Los males hay que extirparlos de raíz.

Quique salió del convento llorando y llorando se perdió al fondo de la calle.

La ciudad empezó a emborronarse y le parecía que el sol, además de quemar los adoquines, emitía un sonido chirriante, como el de los cables de alta tensión.

Avanzaba de forma errática y medrosa, como si creyera que tras cada esquina le esperaba una amenaza de naturaleza desconocida. Y su llanto se había convertido en un gemido interior y sin lágrimas.

Llegó a perder la noción del tiempo y el espacio, llegó a verse avanzando por un territorio sin dimensión que parecía surgido de su mente.

Ni acertaba a situarse en la ciudad ni acertaba a situarse en el seno de sí mismo. La rosa de los vientos se había quedado sin letras y el norte podía estar en cualquier sitio, en ningún sitio.

Por momentos, Quique tenía la impresión de que caminaba medio metro por encima del suelo. Ni había suelo ni había cielo: seguía en una zona sin determinar, seguía en el vértigo, y le cansaba seguir allí y hacía esfuerzos para no gritar.

El pánico se acentuó en él cuando empezó a sentir que su pasado era un pozo sin fondo. Ya no recordaba su primera infancia. Veía su nacimiento como un hecho perdido en un pasado muy remoto. Y mientras el pasado se estiraba y alcanzaba una profundidad que le excedía, el futuro menguaba hasta el punto de creer que cada paso que daba podía ser el último.

Y sin embargo consiguió llegar hasta el cementerio, ya muy entrada la tarde, pero no fue capaz de encontrar las tumbas de sus padres.

Cuando ya estaba oscureciendo, decidió regresar a casa.

–¡Quique! –oyó decir a sus espaldas y se dio la vuelta. Eran Tino y Suso.

–¿Te pasa algo? –preguntó Suso.

–Estoy muy mal –dijo Quique.

–¿Quieres venirte al cine con nosotros?

–No.

–¿No nos vas a decir qué te pasa?

–No, no voy a decirlo.

–¿Quieres que te acompañemos?

–De acuerdo.

Suso y Tino se acoplaron a los pasos de Quique y, callados y cabizbajos, reanudaron el camino hacia casa, seguidos muy de cerca por Muma.

Extraña flor

Desde antes del fusilamiento, la madre de Virtudes había cogido la costumbre de ir a la cárcel, y siguió haciéndolo cuando ya su hija estaba muerta. Las funcionarias la dejaban entrar, y pasaba las tardes mirando por la ventana de la enfermería, desde la que se podía ver la tapia del cementerio. Cuentan que allí se hacía más agitada su respiración, y que lloraba sin lágrimas. Ni siquiera pedía una silla; permanecía de pie, sin apenas cambiar de postura, con la cara proyectada hacia los eriales, y llegaba a perder la noción del tiempo.

A veces oía las ráfagas, otras veces oía los gritos de los alienados. Con la cara pegada al cristal pensaba en la fuga de los locos, de los que pertenecían a las sombras o pertenecían a Dios. En esas tardes en las que sentía muy cerca a la desaparecida, se planteaba la muerte por autocombustión, una autocombustión acelerada, como la que debía de haber sentido su hija tras la descarga, y soñaba con la posibilidad de suplantar a alguna de las penadas. Un sueño que nunca se cumplió porque la conocían demasiado en toda la cárcel, donde la dejaban estar con las presas y donde sin asombro fue comprobando que, a pesar del dolor que aquellas paredes contenían, era el único lugar que le hacía soportable la vida.

Dormía como las demás en un petate, comía como las demás el rancho, ayudaba en todo lo que podía y exigía a las

217

presas que le hablasen de Virtudes. Cualquier otra forma de existir le parecía absurda y fuera de lugar, y estaba convencida de que sólo viviendo allí su vida podía tener todavía algún sentido.

Con la llegada del invierno su salud empeoró. De noche el viento silbaba como las balas al penetrar por las rendijas, y desde la calle llegaban ladridos de perros que parecían almas, y de almas que parecían perros.

El tiempo se había asentado en un silencio expectante, igual que había hecho ella, y en los tejados aparecían estalactitas de carámbanos. El frío la llenaba de desolación. El frío le hablaba de la podredumbre bajo la tierra, de raíces y de huesos y de materia en descomposición.

Pero también el frío le hacía recordar las noches de invierno, tiempo atrás, cuando ya estaba próxima la navidad y la leña ardía en la estufa. La lluvia azotaba los cristales y se oía el lejano traqueteo de los tranvías. Virtudes se hallaba pegada a la estufa, en el rincón más resguardado de la casa, peinando su cabellera mojada, que a ratos se acercaba peligrosamente al fuego. Sus cabellos brillaban a la luz de la estufa y casi parecían rojos, y casi parecían llamas. Y ahora recordaba, con claridad diamantina, que en una ocasión le había dicho:

—Te acercas demasiado al fuego. Algún día arderás y te quedarás sin pelo.

También a la madre de Ana se le fue la cabeza y en lugar de vadear la locura se hundió de lleno en ella. No se perdonaba el haber hecho todo lo que había estado a su alcance para impedir que Ana huyera de Madrid y empezó por consultar a una médium de la Gran Vía que estaba casi ciega y que se hacía llamar Madame Morgana. Con ella creyó sentir muy cerca a Ana.

Una noche, hallándose con Madame Morgana y otros en torno a una mesa camilla, la mujer aseguró que Ana le estaba acariciando el cuello y las manos.

–La siento y la oigo, está aquí... –musitó, temblando junto a la mesa.

–Claro que está aquí, claro que está. Ana ha venido a verte. Ana es ahora un fuego que no ves, que llega a ti instantáneamente y que instantáneamente desaparece... En cada aparición te susurra algo. ¿Qué te está diciendo? –preguntó la médium.

–Dice que su cabeza arde...

–¿Está en el infierno?

–No, pero su cabeza arde...

Madame Morgana podía alimentar la fantasía de sus clientes a fin de hacerlos rentables, pero en el fondo era una mujer razonable y no pretendía volverlos locos.

–Bueno, Ana está en una dimensión de pura luz y pura trasparencia. Por eso te dice que su cabeza arde... –comentó tranquilizadora.

–¡No! –gritó la madre de Ana, con ojos de hallarse en trance–. No está en una dimensión de luz... pero tampoco en una dimensión de sombra... Está en una dimensión intermedia... Y dice que va a nevar durante años...

–¿Dónde?

–En los cementerios de los vivos y en los cementerios de los muertos. Dice que está escrito.

–¿Se siente dichosa?

–No.

–¿Y desgraciada?

–No lo sabe. Creo que está perdida...

–Te está mintiendo. El espíritu que te habla no es el de Ana –aseguró la médium.

–¡Es el de mi hija! Dios mío, ya se ha ido. La han ofendido tus palabras. ¡Ana! ¡Hija! ¡Hija mía!

Esa noche, Madame Morgana se vio obligada a recurrir a toda su ciencia para que su clienta volviese en sí y ya no quiso admitirla en su casa.

Algunos años después, el hermano mayor de Ana, Manolo, falleció víctima de una angina de pecho que había dado las primeras muestras poco después de la detención de su hermana. Pero ya para entonces la madre de ambos había dado con sus huesos en el asilo psiquiátrico.

Llegó al manicomio una tarde de principios de otoño y anduvo un buen rato perdida en un mundo desde el que todo adquiría una lejanía espectral. A pesar de su longitud, los pasillos del manicomio no asustaban y parecían sumidos en la calma. El hospital era una inmensa morada donde las caras cambiaban sin cesar. Y la locura era allí una naturaleza: era el aire que respirabas, pero era también la extraña flor que crecía, negra y radiante, en aquel vasto invernadero, con pétalos en forma de hilos que se iban enredando en la mente y la iban convirtiendo en una selva cada vez más oscura y envolvente.

A la madre de Ana le impresionaban algunas miradas, que parecían cohibidas, comprimidas por debajo de su silencio y que en instantes muy breves se detenían en ella y la analizaban desde un lugar al otro lado de la realidad y a la vez dentro de ella, en su misma columna vertebral.

Esa misma tarde, se encariñó de una terraza junto al pasillo desde la que podía ver el jardín y una ventana triangular y más elevada que las otras, de la que surgía a veces la cara de un hombre, de ojos muy abiertos, que parecía tener un cuerpo grande y desgarbado. También podía ver desde allí las arboledas de la fuente del Berro y el cementerio, al final del páramo.

El invierno se había adelantado y, como pudo comprobar el día mismo de su ingreso, la nieve temprana había empezado a caer copiosamente sobre las zarzas y las fosas, sobre los muros y los patios, sobre los vivos y los muertos.

Seguía nevando todos los días cuando, una mañana de noviembre, la madre de Ana se levantó con la obsesión de dar un paseo hasta la fuente.

Sólo pedía una hora, una sola hora de vida. Una sola hora para ella, una sola hora suya, únicamente suya, absolutamente suya. Una sola hora...

Antes del desayuno, logró deslizarse hasta la puerta de salida y se dirigió hacia la fuente del Berro.

De pronto, creyó que se hallaba en su pueblo y en pleno invierno. Pasó ante las cascadas heladas, rodeó una rotonda de avellanos cubiertos por la nieve, y más tarde se vio en medio de una hondonada blanca.

El frío la había despojado de todo dolor, de toda preocupación. Podía finalmente pensar en sí misma: ver por sus propios ojos, podía finalmente respirar el aire de olor a nieve sin pensar en nada más.

Detenida en la hondonada, permaneció un buen rato escuchando el silencio lleno de chasquidos. Miró al cielo: un inmenso remolino de copos surgía de un fondo blanco. Ya no había tiempo, ya no había espacio. Su cuerpo era un punto sin dimensión en el que no cabía el dolor, o en el que sólo cabía un dolor blanco.

Fue entonces cuando los loqueros la descubrieron y la llevaron a rastras hasta el manicomio, donde la estuvo examinando el médico.

–Es asombroso –dijo el facultativo, un hombre joven de gruesos anteojos–. No se observa en ella la más mínima alteración, y ha mantenido intacto el calor del cuerpo. Da la impresión de que estuviera más allá del frío y del calor.

El médico la dejó en paz, y ella volvió a salir a la terraza.

Suso, Tino y el perro han acudido muy de mañana a la puerta de la cárcel y ahora se encuentran sentados en un pretil a medio camino entre el manicomio y la prisión, observando a la mujer de la terraza.

–Oye, Suso, ¿tú qué crees que es la locura? –dice Tino, tras encender un cigarrillo.

–Quizá es un dejarse llevar.

–¿En qué sentido?

–Te dejas llevar por todo lo que circula por la cabeza. Supongo que, más que andar, vuelas.

–¿Hacia dónde?

–Ahí está el problema. Recuerdo cómo caminaba Damián antes de que lo internaran: parecía un bólido. ¿Adónde iba? ¿Adónde se van los locos?

–Es difícil saberlo –comenta Tino.

–Quizá se van más lejos que los muertos.

–¿Sabes lo que estás diciendo?

Suso niega con la cabeza.

Benjamín

Avelina y sus amigas llevan ausentes seis años. Benjamín sigue en el pueblo y desde una de la peñas contempla los pinos que crecen al borde de la barranca y la casa del inglés, cuyo jardín vuelve a parecer un vergel de olor a flores recientes.

El arroyo viene este año más trotador, y parece traer con él la sonrisa de la nieve.

Benjamín se coloca al otro lado de la peña y dirige su mirada al jardín de piedras que solía frecuentar con Avelina.

El jardín está desierto y las rocas han perdido los nombres que ellos les dieron. Son piedras sin nombre a las que ha ido despojando de sentido por medio de conjuros poéticos, y ahora sólo recuerda la Roca Que Calla, en la que está sentado. A su alrededor las piedras vuelven a ser lo que eran, abstracciones entre la hierba, como las tumbas sin nombre.

Benjamín se ha enterado de que Avelina reposa en la fosa común, al menos hasta nueva orden, y le parece una ironía. Ella hubiera deseado menos anonimato, al igual que sus compañeras de aquella mañana.

Benjamín vuelve a mirar hacia el jardín de piedras y la vía. Hace tiempo que no pasan trenes llenos de soldados, pero el río continúa con sus estrofas raudas y el gavilán no ha dejado de señorear en el páramo.

El invierno ha quedado atrás y de noche todo se impregna de una tranquilidad herida que va derivando hacia el negro y el valle de piedras semeja un jardín extinguido.

El inglés ha regresado a la casa de la colina con una belleza rubia que antes no le acompañaba, y parece agradecido del silencio tan definitivo que lo envuelve todo, y que sólo rompe el canto de los pájaros o la música que surge de su casa.

Benjamín se gira: en la hora añil dos sombras están bailando en el páramo. No son Avelina y él, son el inglés y la mujer, que se mueven al compás de un tango.

Desde la terraza, llegan aires de Gardel. Benjamín los escucha, oculto tras una de las piedras, mientras contempla el río. Luego se va acercando al bosque, envidiando la felicidad del inglés y recordando su última noche con Avelina. Desde hace algún tiempo escribe versos, y no sólo porque piense que cuando todo está perdido sólo nos queda la poesía, también lo hace porque siente que la poesía condensa más silencio y atiende más a los balbuceos del alma.

(En la casa del inglés
ha cesado la música. La luna
ilumina la isla del río
en la que desaparece el búho.
Silencio profundo
en el jardín de piedras.)

Benjamín se detiene junto al río, eleva la mirada, se fija en la luna llena y piensa que desde hace tiempo la gente vive en una noche que no cesa y en la que hay dos lunas. Una la que se ve en el cielo y otra la interior, que es siempre una luna melancólica. Luego recuerda el viaje que hizo a Madrid, cuatro años atrás. En Europa era la guerra total y en Madrid continuaba la guerra en las sombras. La noche era un bosque de amenazas en todo lugar y le daba miedo cruzar cualquier calle. Y una madrugada, hallándose en Cuatro Caminos, creyó que lo poseía el espíritu sin nombre y empezó a oír el gemido de un saxofón que no parecía proceder de ninguna parte. Sentía la ciudad llena de Avelina, de su misma ausencia, y avanzaba como un sonámbulo por la glorieta. En la hora añil las olas de niebla se rasgaban. Los dos lunas se hundían detrás de la glorieta. Las sombras se extendían en Madrid.

Extraña era aquella noche en que aparecían caras perdida y extraños cuerpos segaban la bruma. Pero esa extrañeza que tanto modificaba su mirada ¿no sería ya uno de los efectos de la extraña flor de la locura?, se preguntó cuando se dirigía a la estación.

Cerca del canal, una luz le cegó al intentar cruzar la calle. Durante un instante, no supo si retroceder o avanzar, y miró hacia atrás antes de arrojarse a la cuneta y rodar por los suelos mientras oía el chirriar de unos neumáticos en el adoquín helado.

Cuando se incorporó y miró hacia el automóvil, vio que se trataba de un furgón policial. El conductor, que llevaba uniforme de la Guardia Civil, saltó del vehículo y gritó:

–¿De dónde ha salido usted?

–Verá, yo...

Se miraron con extrañeza. Fue como si de pronto ninguno de los dos supiera qué había pasado. Iban los dos sumidos en sus pensamientos y, de pronto, pudieron haber chocado como aerolitos, pero sólo Benjamín se hubiese partido en pedazos.

No podía culpar a nadie, en todo caso a sí mismo. ¿Por qué, al percibir la luz, se había paralizado? ¿Qué había ocurrido, de pronto, con su conciencia?, pensó.

El conductor volvió al vehículo y antes de arrancar de nuevo murmuró:

–Váyase a la cama y deje de mirarme como un imbécil. No estoy para bromas.

Todavía sumido en el estupor, Benjamín vio desaparecer el furgón tras la arboleda.

Llegó a la estación a la hora justa y no mucho después su tren discurría por una zona boscosa, dejando tras él una humareda negra. Benjamín olfateaba su abrigo y pensaba que su chaqueta olía a fiebre y que el aire olía a fiebre y que la vida olía a fiebre. En la noche escalofriante, volvía a escuchar un saxofón agudo y extenuante. El cielo estaba clareando mucho antes de la aurora, como si lo iluminase el negro sol de los melancólicos, y en ese cielo de pizarra en polvo se elevaban turbas de aves nocturnas mientras el tren avanzaba a toda velocidad. Entonces recordó un verso de Jorge Manrique: «ya no sé qué fue de mí», y pensó que eso sólo lo podía escribir alguien que se había ido muy lejos de sí mismo. La cara de Avelina volvió a ocupar su cabeza y pensó que ella y sus amigas se habían convertido en sus flores del mal, más narcóticas que el opio y de un poder de evocación más poderoso.

El tren seguía a la misma velocidad y la máquina vomitaba unas chispas tan grandes que, de haber sido verano, hubiese dejado tras ella una cadena de incendios. Benjamín empezó a creer que iba en el tren de ninguna parte y le entró un nuevo ataque de pánico.

Más allá de los árboles que rodeaban la vía, se extendían las praderas moteadas por las rocas sobre las que continuaba cayendo la nieve. La noche se advertía como puro silencio, ferozmente aniquilado por el rugido de la locomotora.

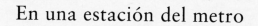

En una estación del metro

En el año 1949, cuando las trece ya llevaban una década bajo tierra, las familias fueron invitadas a hacerse cargo de los cadáveres para que reposasen en tumbas con nombre. Algunas lo consiguieron. Ana, por ejemplo, y Dionisia, que fue reconocida por sus familiares gracias a las mariposas de sus zapatillas. También Avelina tuvo el privilegio de descansar junto a sus muertos. Benjamín asistió a la exhumación de su cadáver y fue entonces cuando constató que la belleza de las personas residía en sus huesos y besó ardientemente su hermosa calavera, ante el asombro de los que junto a él presenciaban la ceremonia. Ese mismo día decidió quedarse en Madrid, donde pudo explorar desde más cerca la vida y los hechos de las trece rosas, como ya las llamaban los presos y los exiliados.

En el otoño de 1975, veinticinco años después de aquel momento que tan honda huella había dejado en él, Benjamín continuaba en Madrid. Tenía cincuenta y cinco años, llevaba más de veinte ejerciendo de profesor de enseñanza media y no se había casado.

En los ratos libres, seguía escribiendo poemas, y se había ganado un vago prestigio de poeta esencialista, que abogaba por una especie de lucidez sin lindes, deslizándose entre la niebla, y le gustaba hacerse eco de un pensamiento de Mary W. Shelley según el cual la invención, había que admitirlo humildemente, «no consistía en crear del vacío, sino del caos».

Franco acababa de morir tras veinte días de operaciones, cortes y empalmes en los que había tenido tiempo de desear con absoluta urgencia la muerte, cuando Benjamín estuvo paseando por la glorieta de Cuatro Caminos, donde creyó percibir una cierta imagen del esplendor. Junto a las cabinas de teléfonos había muchas chicas y más de la mitad eran de la edad de la Mulata y sus amigas cuando fueron ejecutadas.

Entró en una taberna, pidió un café y, mientras lo bebía, se fijó en tres chicas que cruzaban la calle, destacándose de la multitud por su viveza y su sonrisa. Parecían Joaquina y sus hermanas el día en que las detuvieron.

Se dio la vuelta y descubrió a una mujer que le recordaba a Carmen, y que acababa de salir de una farmacia. Le conmovió la suavidad de sus rasgos y su sosegada forma de mirar.

Ya no sabía cómo poner tasa a su desvarío y empezó a creer que el calidoscopio del pasado estaba alterando demasiado su presente, conduciéndole a lugares en los que podía extraviarse como en un laberinto de imágenes rotas, y donde parecía repetirse aquella noche en Madrid, cuando se creyó poseído por el espíritu sin nombre.

Entonces imaginó que todas aquellas chicas que le rodeaban desaparecían como barridas por una radiación y se subió a un autobús que lo dejó en el barrio de Blanca y Julia, muy cerca de la calle San Andrés. Se hallaba frente al inmueble en el que había vivido Blanca cuando vio a una muchacha de cara tan lunar como la de Julia que le sonreía antes de desaparecer entre la gente. Fue entonces cuando empezó a escuchar un piano y elevó la mirada.

Por lo que pudo comprobar, el piano se hallaba muy próximo a una ventana tras la que podía ver a la mujer que lo estaba tocando. Una silueta vaga tras las cortinas, tocando la *KV 331* de Mozart.

Transportado por la música, cerró los ojos. Después de aquella agitada danza de miradas perdidas, ya no le costaba suspender el juicio y creer que Blanca seguía tocando el piano en la calle San Andrés. El aire tenía el espesor de la dicha y la ligereza del deseo y, entre nota y nota, era fácil volver atrás y pensar que estaba a punto de empezar el ayer. Y fácil regresar a aquel sábado de julio, cuando el ruido y la furia aún no habían sustituido a la brisa, y fácil escuchar las risas de las muchachas, surgiendo como racimos por todas partes y haciendo más electrizante el atardecer.

En ese momento, se preguntó si habría formas de mirar que tenían su lugar en el espacio y el tiempo y que ya nunca más volvían a aparecer. Luego pensó que quizá sólo poseía una verdad: la vida, inmensa y leve y única en cada mirada y en cada sonrisa. Si alguien nos la quitaba, ¿nos quitaba la eternidad?

Eran más de las seis cuando recordó que había quedado con una amiga para ir al teatro y se perdió en la boca del metro mientras pensaba en la naturaleza de los fantasmas, que eran siempre fantasmas del deseo. Y cuanto más se concentraba uno en ellos más vida les daba, hasta casi poder respirar su aliento. Ellos imprimían parte del sentido a nuestras palabras y a nuestras miradas, y durarían lo que durase nuestra vida. Se convertían en dioses sin bondad, pero ciertamente delicados, e inhalaban y exhalaban nuestro mismo aire, trasformándose en parásitos de nuestra respiración.

El tren tardaba en llegar y el andén empezó a llenarse de viajeros. Fue entonces cuando creyó que dos de las trece volvían a pulular a su alrededor. Permanecían entre la gente, vestidas como las otras chicas, bajo las luces que pendían del cielo negro. Una de ellas parecía la Mulata y sólo él percibía su presencia porque sólo él la había alimentado mientras escribía, paseaba, soñaba y deliraba.

Finalmente llegó el tren y las dos caras desaparecieron en el remolino de cuerpos. Media hora después, Benjamín salió a la superficie en Puerta del Sol y caminó hasta la plaza de Santa Ana, donde regresó a él la imagen del esplendor. La gente entraba y salía del hotel Victoria y del teatro Español, y en el café Central estaba tocando una orquesta de jazz.

Grupos de chicas se arremolinaban de nuevo en las cabinas
de teléfonos y se notaba que había llegado el momento de
las citas, los encuentros y los desencuentros, por eso el aire
estaba poseído por una tranquila y susurrante vibración.

Una vez más, la vida se obstinaba en ser vivida. Las ventanas se iluminaban, las calles se llenaban de voces, de ecos, de pasos, y la gente hablaba y bebía en el excitante anochecer, *hypocrite lecteur, mon semblable, mon frère.*

mi semejante   mi Hermano

...decimientos

En esta novela el narrador se hace eco de las siguientes voces (por orden de aparición):

Ezra Pound, Calderón de la Barca, Shakespeare, Antiguo Testamento, Gustavo Adolfo Bécquer, T. S. Eliot, Miguel Hernández, García Blanco-Cicerón, Nuevo Testamento, Mijaíl W. Lérmontov, Raoul Walsh, César Vallejo, Rubén Darío, Carolina Coronado, Jean-Paul Sartre, D. W. Griffith, Gottfried Benn, Friedrich Nietzsche, Mozart, Eric Burdon, Francisco de Quevedo, Florián Rey, López Maldonado, Beethoven, Nieves Torres, Dante, Mirta Núñez Díaz-Balart, Antonio Rojas Fried, Ángeles Barroso, Sófocles, Tomasa Cuevas, María del Carmen Cuesta, Carmen Machado, Antonio Machado, Fedor Dostoievski, Miguel de Cervantes, Eurípides, San Juan de la Cruz, Yoka Daishi, Fernanda Romeu Alfaro, Arthur Rimbaud, Santa Teresa de Ávila, Hesiodo, James Joyce, Matsuo Basho, Luis de Góngora, Homero, Jorge Manrique, Antonio Buero Vallejo, Antonio Gamoneda, Mary W. Shelley, Jesús Hilario Tundidor, Luis Cernuda, Gil de Biedma y Charles Baudelaire.

A todos ellos mi agradecimiento.

ISBN: 84-7844-676-1

Depósito legal: M-07.206-2004

Impreso en Cofás